杜鹏程
小传

杜鹏程,原名杜红喜,1921年3月28日出生于陕西省韩城县一个叫苏村的小村庄。他的童年生活很悲苦,也相当不幸,家庭一向贫寒,三岁时即丧父。不过,守寡的母亲一直坚决支持他四处求学,从幼时的私塾,到稍后进入基督教会创办的学校,再到后来经他人介绍进入半工半读的乡办学校,其早年教育也在磕磕碰碰中走完了该走的历程。

一边上学,一边谋生(他早年在县城店铺里当过学徒),似也成了杜鹏程早年生活的常态。生活给予他的苦难远远多于幸福,但也锻造了他坚忍不拔的生命意志。1937年全国抗战爆发后,他参加了中国共产党的外围组织"中华民族解放先锋队",这是青年杜鹏程与国家、民族、党派发生初步交集的重要标志。

1938年夏,经老师介绍,他奔赴革命圣地延安,从此开始了真正属于自己的"新时代"。在延安,他一直在边区基层活动,参加过大生产运动,后被党组织派往工厂工作。当然,对他而言,最重要的经历是作为随军记者,到基层部队和前线采访,从而大大丰富了其生活阅历,提高了其革命思想。同时,作为延安抗大和鲁艺学员,他也在此读书、受教,从而在学识和创作方面有了一个长足的发展。他在农村、工厂、部队的经历以及在此期间所积累的素材,都为他在新中国成立后创作《保卫延安》打下了坚实的基础。

解放战争时期,作为新华社随军记者,他随部队踏遍大西北。在和平时期,他也一直深入工地、工厂,积累了丰富的写作素材,创作出了中篇小说《在和平的日子里》。

杜鹏程的人生阅历甚为丰富,曾身兼记者、专业作家、基层单位党委书记、社长、作协副主席等众多职务。1951年从部队转业后的几年间,他先后历任新华社记者、新华社新疆分社社长。从1954年开始,他进入中国作协西安分会,专职从事文学创作。1955年加入中国作家协会。后曾任陕西作协副主席、陕西文联副主席、中国作协理事。20世纪80年代以后,曾任中共十二大代表、全国政协委员。

1991年10月26日,杜鹏程因心脏病突发而不幸逝世。

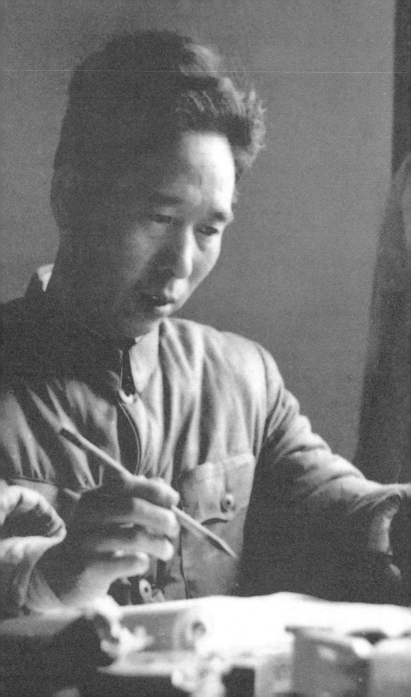

百年中篇小说名家经典

BAINIAN
ZHONGPIAN
XIAOSHUO
MINGJIA JINGDIAN

总主编 何向阳
本册主编 吴义勤

在和平的日子里

杜鹏程 著

河南文艺出版社
·郑州·

一种文体
与一百年的民族记忆

何向阳　（丛书总主编）

　　自 20 世纪初,确切地说,自 1918 年 4 月以
鲁迅《狂人日记》为标志的第一部白话小说的
诞生伊始,新文学迄今已走过了百年的历史。
百年的历史相对于古老的中国而言算不上悠
久,但 20 世纪初到 21 世纪初这个一百年的文
化思想的变化却是翻天覆地的,而记载这翻天
覆地之巨变的,文学功莫大焉。作为一个民族
的情感、思想、心灵的记录,从小处说起的小
说,可能比之任何别的文体,或者其他样式的
主观叙述与历史追忆,都更真切真实。将这一

百年的经典小说挑选出来，放在一起，或可看
到一个民族的心性的发展，而那可能被时间与
事件遮盖的深层的民族心灵的密码，在这样一
种系统的阅读中，也会清晰地得到揭示。

　　所需的仍是那份耐心。如鲁迅在近百年
前对阿Q的抽丝剥茧，萧红对生死场的深观内
视，这样的作家的耐心，成就了我们今天的回
顾与判断，使我们——作为这一古老民族的每
一个个体，都能找到那个线头，并警觉于我们
的某种性格缺陷，同时也不忘我们的辉煌的来
路和伟大的祖先。

　　来路是如此重要，以至小说除了是个人技
艺的展示之外，更大一部分是它对社会人众的
灵魂的素描，如果没有鲁迅，仍在阿Q精神中
生活也不同程度带有阿Q相的我们，可能会失
去或推迟认识自己的另一面的机会，当然，如
果没有鲁迅之后的一代代作家对人的观察和
省思，我们生活其中而不自知的日子也许更少
苦恼但终是离麻木更近，是这些作家把先知的
写下来给我们看，提示我们这是一种人生，但
也还有另一种人生，不一样的，可以去尝试，可
以去追寻，这是小说更重要的功能，是文学家

个人通过文字传达、建构并最终必然参与到的民族思想再造的部分。

我们从这优秀者中先选取百位。他们的目光是不同的,但都是独特的。一百年,一百位作家,每位作家出版一部代表作品。百人百部百年,是今天的我们对于百年前开始的新文化运动的一份特别的纪念。

而之所以选取中篇小说这样一种文体,也是出于这个原因。

中篇小说,只是一种称谓,其篇幅介于长篇小说和短篇小说之间,长篇的体积更大,短篇好似又不足以支撑,而介于两者之间的中篇小说兼具长篇的社会学容量与短篇的技艺表达,虽然这种文体的命名只是在20世纪的七八十年代才明确出现,但三四十年间发展迅速,其中的优秀作品在不同时期或年份涵盖长、短篇而代表了小说甚至文学的高峰,比如路遥的《人生》、张承志的《北方的河》、莫言的《透明的红萝卜》、韩少功的《爸爸爸》、王安忆的《小鲍庄》、铁凝的《永远有多远》等等,不胜枚举。我曾在一篇言及年度小说的序文中讲到一个观点,小说是留给后来者的"考古学",

它面对的不是土层和古物，但发掘的工作更加艰巨，因为它面对的是一个民族的精神最深层的奥秘，作家这个田野考察者，交给我们的他的个人的报告，不啻是一份份关于民族心灵潜行的记录，而有一天，把这些"报告"收集起来的我们会发现，它是一份长长的报告，在报告的封面上应写着"一个民族的精神考古"。

一百年在人类历史上不过白驹过隙，何况是刚刚挣得名分的中篇小说文体——国际通用的是小说只有长、短篇之分，并无中篇的命名，而新文化运动伊始直至70年代早期，中篇小说的概念一直未得到强化，需要说明的是，这给我们今天的编选带来了困难，所以在新文学的现代部分以及当代部分的前半段，我们选取了篇幅较短篇稍长又不足长篇的小说，譬如鲁迅的《祝福》《孤独者》，它们的篇幅长度虽不及《阿Q正传》，但较之鲁迅自己的其他小说已是长的了。其他的现代时期作家的小说选取同理。所以在编选中我也曾想，命名"中篇小说名家经典"是否足以囊括，或者不如叫作"百年百人百部小说"，但如此称谓又是对短篇小说的掩埋和对长篇小说的漠视，还是点出

"中篇"为好。命名之事，本是予实之名，世间之事，也是先有实后有名，文学亦然。较之它所提供的人性含量而言，对之命名得是否妥帖则已显得不那么重要了。

值此新文化运动一百年之际，向这一百年来通过文学的表达探索民族深层精神的中国作家们致敬。因有你们的记述，这一百年留下的痕迹会有所不同。

感谢河南文艺出版社，感谢编辑们的敬业和坚持。在出版业不免受利益驱动的今天，他们的眼光和气魄有所不同。

2017 年 5 月 29 日　郑州

目录

在和平的日里

第一章　十字路口

一

嘉陵江，浩浩荡荡，一泻千里，由北向南穿过险峻的秦岭和大巴山区，流入"天府之国"的四川盆地。它既有苦焦的北国风光，也有富丽的江南景色。中下游，有些地段可行木船，而绝大部分地区是悬崖绝壁，急流险滩。千余年前或者两千多年前的栈道遗迹，如今仍然隐约可见。

在发源地，它不过是一条小溪流，好像只要抓住这条大江的尾巴，便可以轻轻地把它提起来。其实，它脾气古怪，很难对付：时而清澈，时而浑黄，时而暴怒得像要腾向天空。顺着嘉陵江岸修筑的铁路，快接轨了，快要完成了。上下一千多里的建设工地上，有十几万铁路工人更加奋勇地劳动着。他们在这人烟稀少的地带，苦熬苦干了四年多。一日复一日，一年又一年，他们用双手凿通横宽数百公里的高山峻岭。有的地方大桥连小桥，隧道连隧道；有的地方，铁路在大山的腹部盘旋上升。为了在那云雾蒙蒙的高处修建一个小小的车站，人们搬去了好几个山头。 现在，眼看这条世界闻名的铁路就要修通，人人都把吃奶的劲儿使上了。 成口成夜爆破声不断，好像这里正在进行一场决定人类命运的大战。 天空有蛛网似的高架索道，江面上漂流着无数运送东西的木船。 不论在太阳喷火的白天还是大风吼叫的黑夜，运输材料的汽车、马车、人拉车和牲口驮子，塞满了山沟里的大小道路。 沿途的山崖上，写着这样的大标语：

"争取'七一'接轨！"

"赶到雨季前边去！"

"我们要和洪水赛跑！"

"要高山低头，大江让路！"

"一切为了社会主义！"

"中国共产党万岁！"

…………

目下，大伙都眼巴巴地盼着：多来一些晴朗的好日子。依往年的经验，雨季要来，至少还得一两个月，看来，前去路上的阻难不会太大。 也难说啊，最近两三天就有一种不祥的兆头：天气格外闷热。 大伙都像蹲在蒸笼里，满身汗水，喘不过气。 有时候，一天当中就有上百名工人中暑晕倒在工地。 夜里，在工地办公室里的电灯下办事的人，个个都满脸通红，那让蚊子围住的电灯，像一炉火似的烤着人。 只有在后半夜，大气中的热力减退了，除上班的职工以外，大伙都躺在江边、路旁或者帐篷里，呼呼地睡觉。 这工夫，你要无缘无故地把谁吵醒来，他准会叫你吃不了兜着走。

　　不过，在这正好睡觉的时光，也有人合不拢眼，睡不着觉啊！

二

　　一天，半夜时光，第九工程队副队长梁建，躺在床上，脑子里乱翻腾，不愉快的记忆、数不清的想法和一股子烦躁情绪，一齐涌来了。他翻过来掉过去，越想心越乱，头变得无比沉重，胸脯像是压了一块大石头。再说，那讨厌的床，吱吱吱叫着，好像马上就要破碎似的。他狠狠地用脚把床一搗，猛然坐起来，嗖地跳下床，倏地向嘉陵江边走去。

　　江边有一棵两个人搂不住的大槐树，枝叶茂盛，像个大伞似的。时常来这儿歇凉的人挺多。

　　梁建站在大槐树下边，敞开衣服，大张口呼吸，胸脯起伏着。

　　"过几天，这里工作告一段落，我就要求调走。一定走！"梁建高声对自己说。要求调到哪里？去干什么？他也说不清。他是一位久经锻炼的干部，在这个工程队算是数一数二的人物，可是谁能想到，这样的人，目下却在人生道路的十字口毫无主意地转悠？近来，他心里总是毛热火辣的，不停地问自己："怎么办呢？唵，我到底怎么办呢？"

　　梁建，高个儿，身板挺魁梧。长方形的脸上，有一双机敏而聪慧的眼睛。 左眼眉上有个不大明显的伤疤，这是战争留下的记号。 眼角有很多又细又深的皱纹。 这些皱纹表明他多次通过了历史风暴，有着不寻常的经历。 从前，他在这第九工程队是以精明强干、办法多出名的。 现在呢，他在斗争生活的波浪中游泳，游得浑身困倦，仿佛就要沉没似的！在不能合眼的夜里，他苦苦思量那让他困倦的种种原因。 这些原因仿佛没有多少哲理，简单而明白，可是又复杂得难以捉摸！

熟悉梁建的人说，梁建的心情是在不久以前才突然变得很坏的。 这话也许不可靠。 反正半月以前发生过这样一件事情：

一天中午，第九工程队的党委委员们，坐在嘉陵江边的草地上，举行党委会议。 第九工程队党委书记兼工程队队长阎兴，刚刚宣布开会，工会主席往起一站，慷慨激昂地讲："咱们工程队发生的伤亡事故，摆了很长时间，不做处理，这太不像话……明天，工程局党委、区工会、劳动局和检察机关的人，要来追查这件事情。 不能再拖了，对事故有关的人员怎样处理，咱们工程队党委赶紧拿出个主意来。"

工会主席这一番话没有激起什么反应，反倒带来了一阵沉默。 党委委员们，有的互相望着，有的低头思索，有的用拳头轻轻地捶着身边的沙堆，有的咬着钢笔杆望着自己手里的记录本。

过了好一阵，党委书记阎兴，一边用左手搓着黑楂楂的下巴，一边说："这件事讨论了好几回。 一讨论，就顶牛。我说嘛，给我什么处分，就接受什么处分。"

副队长梁建，盘腿坐在沙地上。 他一面用双手搓沙子，一面慢悠悠地说："嗬，说的比唱的还好听。 把一切处分都背上，将来我们每个人的档案材料就要用汽车拉了！"

同志们的眼光都不约而同地集中在梁建身上，可是梁建神情漠然，显得满不在乎。

第九工程队施工组组长刘子青站起来，挺不自然地犹豫了一阵，扭过脸去望着江水，说："两个工人丢了性命，管'安全工作'的领导人，连个检讨也懒得写！ 如果检察机关的人要我们工程队的领导人负刑事责任，我就投一票。"

一种被压抑的感情爆发了，几个年轻的党委委员，一哇声地喊：

"我也投一票！"

"我也投一票！"

"要是允许，我投双份！"

…………

梁建站起来，拍了拍身上的沙子，不动声色地望了望阎兴和那帮年轻的党委委员，随后，眯缝着眼把刘子青上下打量了一阵，仿佛看一个挺稀罕的东西似的。 他说："小伙子！ 我蹲了法院，丢了党籍，你就舒服？ 实对你说，有人负刑事责任哩！"说罢，就把手里提着的衣服往肩膀上一搭，双手撑在腰里，扬长而去。

刘子青嘴巴绷得生紧，一直盯着梁建的背影，眼睛一眨也不眨。

有几个党委委员，瞧着阎兴，他们知道梁建的话是对谁说的。

阎兴盘腿坐在那里，用左手紧紧扼住黑楂楂的下巴，一言不发地望着嘉陵江边的那棵大槐树。

党委会没开出名堂，大伙站起来，使劲地拍了拍身上的沙土，愤愤不平地分头走去。

梁建窝了一肚子火。他倏地通过树林子走到江岸上，一上江岸，十几个人一窝蜂似的拥上来，把他包围了个风雨不透。一连串的事情向他头上压来：

"梁队长！你说咋办？安全检查员要我们停工，说我们的劳动保护用品不齐备；没法子，我东奔西跑去找材料员要胶鞋和手套。找到材料员，求爷爷告奶奶好话说了一大堆，他挺着脖子，说了声'没有'，就算把问题给你解决了。梁队长！你开开恩，给我们批十双胶鞋、十双手套。嗯，这里有水笔。"

"梁队长！你早就知道，如果明天我们的'挡土墙'不能完成，人家发包单位就要罚款。请你无论如何给我们拨一点小钢轨和土斗车。我这事好办，只要你嘴唇一动就行。"

"你们这都算急事？闪开！闪开！梁队长，听我说，基建局的老张，你是知道的，那家伙吃了饭消化不了，成天到处穷挑毛病：这不合规格，那不合标准。 今天验工计价的工夫，他扣住我们三万元，磕头作揖也罢，好说歹说也罢，反正是不给。 哎，这一笔钱捞不回来，这个月的工资就不能开支，工人们就要张起嘴喝西北风！ 梁队长，你拿个主意吧！"

"梁队长……"

"梁队长……"

……………

梁建背着手，叉开腿，直挺挺地站在那里，谁也不看，脸色黑煞煞的。 等到人们七嘴八舌把话都说光倒净以后，他不声不吭，忽地豁开人，带着一股风直向工程队队部走去。

这一伙人，愣了一下，然后怔怔地相互望了望，连忙奔跑着去追赶梁建。

梁建一进队部办公室，嗬，七八双手同时伸到他面前：请他批条子的，要他签字的，向他请示工作的，拿着十万火急的介绍信和他交涉事情的，还有那位又准备和他蘑菇一整天的设计工程师……这些人堵在前面，追上来的那帮人挡在门口，看样子，今天非把梁建压扁挤干不可！

梁建背着手，眯缝着眼，心里直冒火。 他想："什么任务呀，工期呀，雨季呀，洪水呀，材料呀，图纸呀，甲乙方的关系呀，计划就是法律呀，跟自然界做斗争呀……天天如此，月月如此，年年如此，这就是工地生活！"他看着那一张张满是油汗的脸，冷冷地问："你们找我！ 我找谁？ 唔，我找谁？"他豁开人，冲出了门，眨眼工夫就无影无踪了！

党委书记兼工程队队长阎兴，一整天都没找到梁建。他以为梁建坐上汽车到工程局去了。

这天后半夜，阎兴提着安全帽，朝工地走。他用手电一照，看见梁建身子靠着江边的那棵大槐树，孤零零地站在那里。

阎兴个子不太高，长得很敦实。猛一看，你会觉得这人手大脚粗，不太灵活。显得过大的头，就像一块没有镟锉过的生铁。下巴上满是黑楂楂的胡子。厚嘴唇下边密密实实的牙齿，仿佛能不费力地咬断钢筋。这号人，说不定是一直干繁重体力劳动的开山工、起重工或者锻工，不久以前才被提拔到领导岗位上来的。但是，那眼角和额头的皱纹以及那犀利的眼光，又告诉你"凡人不可貌相"，只凭他的模样，便会获得极不准确的印象。

老阎摸摸梁建的衣服。衣服叫露水湿透了。他说："小心着凉噢！"停了一阵又说："伙计，到处找不着你。哎，你听我说，咱们做领导工作又不是一天两天，还能这样——"

梁建打断老阎的话，说："那天，党委会上，小刘和同志们说，要我对这次事故负刑事责任。什么责任我都敢负。塌方事故中死了两个人，其中有个小李。小李过去跟我在战争中跑了好几年，我愿意叫他去死？他的老婆孩子现在成了寡妇孤儿，我心里好过？我认啦，算我倒霉！让我去蹲监狱！"

老阎说："蹲啥监狱嘛！"

梁建说："我知道你什么也不怕。打开窗子说亮话，怎么会发生伤亡事故？因为赶工期。为啥要赶工期？"

老阎惊奇地问："你说为啥？"

梁建说："你自己知道。"

老阎说："我知道你也知道。今年元月份，工程局开会，局长说，这条铁路'七一'能不能接轨，关键就在第九工程队。老梁，你敢点头吗？当时，你我反复商量之后，又打电话征求了现场职工们的意见，这才共同向上级提出：保证'七一'接轨。"

梁建说："不错。但是根据实际情况可以修改计划，而你总要坚持下去，总想往前赶。行啦，你逞英雄，让我坐蜡！"

老阎左手紧紧地扼着毛楂楂的下巴，痛苦地说："老梁！我万万想不到你会这样理解我！"

梁建说："怎么，我说的不是事实？"

老阎说："这整个铁路工地有几百个单位，有十几万职工，就像大兵团作战一样，我们这个工程队只不过是这大兵团中的一个连队。经过大家反复讨论之后，上级制订了'七一'接轨的计划。从元月下旬开始，这一千多里铁路工地上的大战役便展开了。目下，这个大战役到了最后，也是最紧张的阶段。 老梁，你说，在这样的关头，难道我们有权力宣布'非常困难，谁有本事谁去干，反正我们干不了'？"

梁建说："就算你说的是道理。 瞧，天气阴晴不定，何必冒这份危险呢？ 这不是自找小鞋穿吗？"

老阎说："是担着挺大的风险啊！ 为了这，大伙才心情沉重。 唯一的办法是：动员全体职工，把各方面工作组织好，努力向洪水前边赶。 难道你这成年搞露天作业的人还不晓得夏季受洪水威胁，秋天雨又下得不断头，冬季大雪封山不好施工？ 能坐到办公室等待没有危险的日子吗？ 老梁，如果建设工作允许我们蹲到那里不慌不忙地等待，那么国家就没有必要在建设力量和建设资金异常困难的情况下，往这里投放这样多的施工力量和建设资金了。"

"哼！"梁建冷笑了一声，有气无力地说，"好吧，你愿意怎么干就怎么干，反正我把话说到前头了。"

两人谈话格格不入，像人常说的一样，弹不到一根弦上。 梁建两条胳膊抱在胸前，一动也不动。 老阎一言不发，只是心神不安地用胳膊咚咚地砍着身边的大槐树！

三

第二天夜里，梁建又是通夜合不拢眼。

他又站在嘉陵江边的那棵大槐树下面，好像那棵大树，懂得他的心思，懂得他的苦处，成为他离不开的伙伴了。

他呆呆地望着江水。 江水被电灯照得明光闪闪。 波浪冲击山崖，发出持续而单调的响声。

他觉得浑身无力。 这工夫，即使身后的大山塌下来，也懒得去躲。 扭头看，身边一个茅草棚的窗子闪亮。 打窗子里传出了孩子从梦中醒来的声音和母亲爱抚的乖哄声。 阎兴和他的妻子儿女住在这里。 梁建想去跟阎兴这位多年生死患难的战友聊聊。"唉！ 算了吧，一谈话准招来一场不愉快！"转念一想，又觉得，"这多时总是埋怨老阎坚持把工期提前，简直无聊。 为人不容易，得罪人一句话就行了。 从今向后，不能跟老阎闹别扭。 老阎也有老阎的难处。 再说，老阎怎么安排自己的前程，用不着我梁建多嘴操心！"

老阎下了床，伸了个懒腰，听见窗外有叹气声，就问："谁？"没有回答。 听了听来回走动的脚步声，又喊："老梁？"

"嗯！"

梁建背靠大槐树，一直望着手里的烟火头。 他时而觉得脑子里塞满了杂乱的念头，理不出头绪，时而觉得脑子里空空洞洞，一无所有。 因而，一阵心慌缭乱，一阵又仿佛对任凭什么事情都失掉感觉。

老阎披了件衣服，出了家属宿舍的小茅草棚子，走到大槐树跟前。

两人肩并肩地站在那里。

老阎问："伙计！ 你又站在这里干什么？"

梁建还是望着手里的烟火头，爱理不理地说："不干什么！"

老阎望着黑乌乌的大山。 山上的森林里发出忽而大忽而小的吼声。 月亮一会儿钻进了黑压压的云彩，树下的两个身影消失了；一会儿它又露了脸，片片月光便落在老阎和梁建的身上。

老阎说："糟啦！ 我左腿酸痛。 腿肚里那颗子弹也动弹开了。 恐怕要下雨哟！"一想到下雨，心上就压了一块千斤石，忧愁的情绪袭击他。

梁建说："他妈的，要是下大雨，就把人命要了！ 嗨，随便吧，要下刀子也行！ 反正人活到世界上没有一时一刻不作难，尤其是做领导工作，更不是滋味！ 现在，如果让我挑选的话，我真愿意去当壮工，去背石头，去挑土筐，去扛水泥！"

老阎说："我说过百把遍啦，在这节骨眼上，你要消极泄气，就是存心把大伙泡上啦！"

梁建满肚子火轰地冒起来。 他猛一转身，敲着胸口，说："这能叫消极吗？ 我不过是要老实一点，认清自己有好大的本领。 怎么？ 要我像你一样，不管三七二十一，一直朝前扑吗？ 说实话，我不如你，我的头不是铁包的，也没有你那股牛劲，更没有你那份雄心！"

阎兴望了望梁建的身影，低头深思……

忽而隐没忽而出现的月亮，活动了一阵子，就跳到大山背后去了，跳到无边无际的原始森林里头去了。

他俩身后就是工程队队部的几排大席棚子。作为队部办公室的那座席棚子里，电灯还通亮。他俩前面就是日夜奔流不息的嘉陵江；通过横跨在江上的大便桥，就到了施工现场。

深山里的黎明来得迟，快到早晨六点钟了还伸手不见五指。早班工人扛着铁锹、十字镐，提着安全带、安全帽和绳索撬棍，通过便桥去上工。手电光闪动，有的人擦根火柴抽烟。年轻人，有的互相推撞，有的叽叽喳喳吵闹，有的唱家乡小曲，有的人瓮声瓮气地咒骂谁，仿佛刚从床上爬起来，睡意还没有消失。听那南腔北调的吵嚷声和歌唱声，你就晓得这帮铁路工人是来自中国的东南西北。

梁建伸了个懒腰，又用右手把左手的指头压得咔吧咔吧响。他说："看了眼前这光景，就想起'拂晓出发，天明打响'的日月了。那种日月，咱们俩一道过了十来年哩。你说怪不怪，还没死，活到了今天！"

老阎把手搁在梁建的肩膀上，说："一张开嘴就是死呀活呀的，你这个家伙呀——"

梁建把老阎的手轻轻地拨到一边，说："不怨你坚持提前工期，也不怨小刘狂妄骄傲，怨谁呢？不知道。反正我把这几年在建设工地的生活想了又想，凭良心说，我没有睡大觉，也不吝惜自己的力气。可是，现在各种事情都叫人头痛。这工地，上下左右前前后后有多少复杂关系要对付。动不动就得罪人，动不动就犯错误，动不动就打官司……再说，我总是像跛子走路，一脚高一脚低。有时候，满腔热情往前跑，跑过火了，事与愿违，出了乱子；以后又谨小慎微，走路生怕踏死蚂蚁，临了，做梦也没梦到又出了娄子。真是抬脚动步都不吉利哟！有的同志批评我说，毛病出在业务不熟悉。不熟悉就学呀。你看见啦，我忙上一整天之后，关住门学数学，读桥梁、隧道、线路和地质方面的书籍；研究有关资料和各种规章制度的材料。书籍和各种油印材料堆了一桌子，一口又吞不下去，不由得就泄气！"他扯下帽子，把头伸到老阎胸前，说："你看，你看，头发花白了！把青春交给了战争，这怨得着谁？要怨只能怨我们这一辈人的命苦！当然，也许我变得脆弱了，也许我落后了！也许……我……我……我说不清！"

老阎说："知道。这些，我们都三番五次地聊过。你心情不好，就不知不觉把事情夸大了。比如说，几年来，我们在建设工地的斗争实践中，钻研和学习，收获也不少。听我说，眼前工作这么急，有多少事要想，你何必——"

梁建打断老阎的话，说："算了！你现在当然不能了解我。你很得意。可是谁知道你背着人心里在怎么翻腾呢！"

老阎知道，一个人走了邪道，你劝他，严厉批评他，他会恨你；有一天他走上了正路，又会感激你。反过来说，他走上了邪道，你怕触犯他，给他说顺心话，有一天他头脑清醒了，会结结实实地恨你。他一转身，站在梁建对面，说：

"我有必要对你装虚作假？ 什么叫'得意'呢？ 这几年，我受的处分比你多，比你重。 这就不去管它。 拿眼前的工作来说，我们把劳动力拉上来了，没有图纸；千辛万苦把图纸弄来了，又是材料不够；赶到劳力、图纸和材料弄得快齐全了，一年过了大半。 于是拼死拼活地赶工、抢工，接着卷起铺盖去接受另一个任务，临走还免不了检讨、扯皮，脸红脖子粗地争吵。 可你也看到了，我们的工作一年比一年有改进，我们学会了许多以前不懂得的东西。 没法子，我们不是神仙，只能摸索前进，只能边做边学，只能一点一滴地积累经验。 说心里话，我们挑的是千斤重担！ 因为，我们要在很短的时期里，打扫去几千年堆起来的垃圾；要在很短的时期里，做好别人几百年才能做好的事情。 老梁啊！ 过去我们以为战争是了不得的大事情，现在看来，南征北战算不了什么。 在战争中，我们只不过用刺刀劈开了一条路，通过这条路再往前走，才真正碰到了困难和斗争，正像目下你我亲身经历的一样。 怎么办呢？ 碰到困难和斗争就往回缩？ 看到贫困的现象无动于衷？ 离开这个战场让中国永远落后？ 你说，当初我们把老百姓衣服脱下来换上了军衣，后来又把军衣脱下来换上了工人服装，换来换去为了啥呢？ 说呀，老梁！ 为了啥？"

梁建懒得跟老阎扯这一套，停了好大一阵工夫，自言自语地说："年轻的时候很幼稚，可是那种单纯的心境，那股天不怕地不怕的劲头，倒是蛮宝贵的。 现在呢，经的太多，见的太多，碰的太多，那种心境和劲头再也不会有了！"

老阎双手抓住梁建的膀子，摇了摇，说："老梁，听我说，不犯错误，不碰钉子，不经受困难，人就长不大。不信你朝周围看：肩负革命担子的人，谁是轻松的？谁是一帆风顺的？谁不是用辛勤的劳动和艰苦的经历，换取那一点一滴的长进呢？"

"话是不错啊！现在我要给别人谈话，也只能这样说！"梁建摆脱了老阎的手，无力的声音中夹杂着难言的烦躁。

老阎双手紧紧地抓住头顶碗口粗的树枝，望着黑乎乎的大山，心里挺别扭。往常，他和梁建互相望一眼，心就贴住心了；一说话，感情就交流起来了；就是在吹胡子瞪眼的争吵中，情谊也在增长。这种关系，这种理解，这种信赖，这种感情和友谊，是在长久的共同生活中建立起来的，是在出生入死当中发展起来的，是至为难得、至为宝贵的。目下呢，两人中间却隔着一层东西；两人脚下的土地都自动地往后移，距离越来越远！

老阎感慨地说："当年，我们趴在战壕中多少回亲密地谈过，将来在和平的日子里要好好做一番事业。瞧！在残酷的战争中都没有后退的人，如今可就过不下去了！俗话说，'平地跌跟头'，一点也不假啊！"

梁建想顶老阎几句，一划算，又压住了心头火，长吁短叹地说："说的都对，非常对。我提不出任何理由来反驳！"一边说，一边身子顺树干溜下去，坐在沙堆上。

老阎微微摇着头，心里非常难过。他思量："人想邪了，你磨破嘴唇，也休想打动他的心！"

梁建有气无力地说："你不要管我。我有自己的主意。前些时候堆在我脑子里的乌七八糟的想法，都是可笑的，一切烦人的事情都是容易处理的。你说，一个人难道不是因为要有所作为才捅出各种错误吗？我既然是平庸的人，就做自己能做的事情吧。别的办不到，哼，保证自己不犯错误还办不到吗？"

老阎猛然弯下腰，几乎是对着梁建的耳朵，一字一板地说："你用全部力量'保证自己不犯错误'，就偏偏要犯最严重的错误。"

梁建说："我不信。"

老阎说："到你相信这话的时候，也许来不及了！"

梁建冷笑一声，说："这话可以吓唬初出茅庐的小伙子！"

老阎严厉而高声地说："老梁！你真是啥也听不进去了？你真是要下决心给自己招来无法挽回的后悔？"

梁建说："后悔？这多时，我从痛苦和失眠当中反复思索出来的东西是重要的，问心无愧的！"

老阎说："'问心无愧'？亏你能说出口！你的想法，不光会给你带来难过，还会给工作捅出更大的娄子。我要说错了，就颠倒过来走路！"

梁建说："嗯，你爱怎么说就怎么说吧！"

十几年来，老阎喜爱梁建的精明强干，也深知他那忽冷忽热的毛病。最近，他以为梁建像过去那样，闹一阵子情绪又会正常地工作起来。可是，这一刻，只有这一刻，老阎才明显地感觉到：梁建正经历着那生活道路上最可怕的阶段。

天快亮了，工地上的人影可以看见了。工人的喊声、机器的吼声，搅和着远处传来的爆炸声；连江水也带着永不衰退的激情，吼叫着朝它的目的地急急地奔去。江边的沙滩上有几百名女工，三个一群五个一伙地在筛沙子。她们不停地大声笑着，唱着，仿佛随便什么小事情都会让她们满心高兴。大概，在这些姑娘眼里，生活是单纯的，事物是简单的，连这能把头夹扁的山沟也是人间最美不过的地方。

她们当中有的人朝青年工人喊："小伙子长了二十五，裤子破了没人补！"

一帮穿着红背心绿裤衩的年轻工人喊："你甘心，我情愿，咱们小两口下四川！"

奋勇的劳动，欢乐的声音，工地的热闹景象，这一切便把老阎的注意力吸引到当前最紧急的事情上——接轨日期快到了。他心里蛮发慌。目下，每一分钟都是无价之宝，都得抓紧。

他说："老梁！你等一下，我去叫小刘，咱们一道去现场。好吗？"

梁建说："随便！"

老阎上了小山坡，走进队部办公室。

办公室里的床上、桌子上、地上，横三顺四地睡着人；各种鼾声直响，像个杂乱的乐队。老阎眼光一扫，看见一个人睡在桌子上，用破单衣捂住头，呼儿呼儿拉鼾声，睡得又香又甜。那人脚上沾了很多泥，又湿又破的裤筒挽在膝盖以上。

阎兴缓缓地把那人推了一把，轻轻地叫了声："小刘！"

刘子青猛地坐起来，嗖地跳下桌子，提着破单衣，光着脚直挺挺地站在那里，像是他根本没有睡着，随时都在准备执行紧急任务似的。

老阎凝视着小刘那干练的姿态，凝视着那年轻的脸膛，凝视着那明亮的眼睛，不出声地笑了。

第二章　一场争执

一

老阎、梁建和刘子青，过了横跨在嘉陵江上的大便桥，向工地走去。

块块云彩向东边退去。黎明时分挺凉快。

"云向东，一场空。"阎兴想起这个谚语，心里喜滋滋的。他走一走，就停住脚步向四处望去：山坡、江岸和沙滩上，席棚和帐篷一个挨着一个。就这样，住的地方还不够，有很多工人在山沟露宿，轮到他们上班的时候，就把铺盖捆起来挂在树枝上。

梁建和老阎前边走，又瘦又小的小刘跟在后边。不明内情的人，一定认为小刘是个小通信员。其实，小刘是第九工程队的得力干部；别说在第九工程队，就是在千余里的铁路工地上，也是无人不知无人不晓啊！

梁建在乱石和木料堆中走路，笨重的皮鞋碰得直响，好像随时都可能跌得仰面朝天。老阎有时候绕着走，有时候跃过去，身体轻巧而有弹性，好像他从小就在这里混，哪块高，哪块低，哪块有石头，捂住眼睛走也错不了。 小刘光着脚板像小兔子似的在跳蹦。 啪嚓！ 小刘跌倒了，坐在那里，抱住左脚，咝咝地吸冷气，说："有他妈的鬼！ 踏在钉子上了！"

梁建说："咦！ 又是一件工伤事故啊！"

老阎说："倒霉的家伙！ 谁叫你光脚丫子跑？"他从口袋里掏出手帕，咝地一扯，交给小刘，说："快把脚包上！"接着便喊在工地巡回治疗的医生。

小刘一边包脚一边对老阎说："昨天下晚，我从工地回来，鞋子让泥吸去了。 队部床下有你的一双鞋，我拉出一看，老天爷，那鞋子我能当船坐！"

梁建冷冰冰地说："因祸得福，你现在有休息的资格了。"

小刘说："嘿！ 医院里的人靠我吃饭，准饿断肠子。 走吧，队长！"

第九工程队管辖的工区拉了三十多公里，大小工点几十个，三个人一天工夫就跑遍了。 在各个工点上，他们都分别找干部们研究和布置防洪工作。

太阳落山时光，他们走到本工程队管区的第二号工点。虽说跑了一天，累得够呛，心里倒蛮畅快。 不论谁，看到这规模宏大的工程，看到这紧张而有节奏的劳动场面，看到这成千上万生气虎虎的工人，能不满心高兴？ 能不欢欣鼓舞？

　　小刘坐在一块大石头上，觉着左脚又烧又痛。他明明知道那个可憎的钉子给他带来麻烦，可又不情愿承认这个。再说，看了这战场似的工地，脚扎破了一点又算得了什么。他从大石头上边跳下来，咚咚咚地朝做土石方的工人们跟前走去，一边走一边向二号工点的领工员讲说什么。一霎时，四处都听到他欢乐的声音。

　　梁建满脸尘土，兴致也挺高。他，一会儿望着小刘的背影，一会儿跟女工们开玩笑，惹起一阵阵的哄笑声。

　　老阎敞开衣服，一边把帽子当扇子扇，一边哼着京戏。这几天，不管是早是晚，不管有多少繁杂的事情压在他头上，只要一到施工现场，便又轻松又乐和。刚到这个工地的人，看到这么多的工棚，这么多的工作单位，这么多工点、行人、车辆和器材，加上昼夜不断的爆破声和那漫天的尘土，便会觉得，建设工地是世界上最混乱的地方。可是老阎却感觉到：这简直像一支百万大军，它是被统一的意志组织起来的，它按照它自己的内在规律和既定的目标飞速地向前行进。再说，一年又一年，许多人和这铁路工地一块儿度过漫长而艰难的日月；许多人把自己的性格、誓言和愿望，烙印在那一个挨着一个的建筑物上；许多人把自己的心血和汗水，渗透到那土地的深处去。回想起来，过去的日子里，有过快乐，有过创举，有过奇迹，有过一生难忘的劳动场面，有过一个又一个的胜利。不待说，在不寻常的斗争中，这一切常常让新的忧愁、新的操心、新的争吵和新的障碍给遮掩住了……说到天上地下，目下最重要的还是：眼看要接轨了，正像一场激烈而持久的战斗，快要接近最后胜利了，欢腾若狂的日子就要来了，祖国建设史上新的一页就要完成了。

人在兴奋的时候，觉得一切都是如意的，都是美好的。老阎也是如此。

他满面红光，指着工地说："老梁！ 前几年，我们穿着军衣刚到这里的时候，一窍不通，蒙头转向，图纸看不懂，连铁路上很多建筑物的名字也说不上来。 那一阵，急得直想去跳井上吊。 钻呀钻呀，嘿，如今总算钻出名堂喽。 如果'七一'能接轨，年底正式通车，这项巨大工程就比我们预计的时间提早两年完成。 老梁！ 工地是个大学，我们伤脑筋、摸索、争吵、闹矛盾、花的冤枉钱，都算我们交的学费吧！"

梁建爬上一块高地，敞开衣服，望着高耸入云的山岭，摇头说："学费？ 学费太高啦！"

老阎问："从哪一方面说？"

梁建说："无论从哪一方面说也太高。 拿你我来打比方：从战场上走到这鬼也不来的深山里，流了血又流汗！ 中国这么多人，偏偏只有我们生了一副受罪的骨头？"他眯缝着眼，望着远处，只见长满森林的山头像黑色的波浪，向远方流去，一直流到了天上。

老阎问："我们闹腾了多少年，原来是在'受罪'？"

梁建说："那就算我们一直在享福吧！"他背着手，似笑非笑地望着自己的右脚。右脚不停地蹭着沙土。

老阎满肚子高兴，一下子跑得精光。梁建用故作轻松的样子来掩饰自己内心的风暴，这使老阎感到一种撕心的痛苦。一个久经锻炼的人，怎么可以用那样漫不经心的口气谈说人生最严肃的问题？难道说，世界上真有这样可悲的规律：某种人，只有当他一次又一次碰得头破血流的时候，才能变得聪明点；或者，只有当他走到绝路上的时候，才对那最平常的道理恍然大悟？

他说："老梁！这工程队一万多职工的眼睛，都望着你我这样做领导工作的人哩。我们的情绪、言行和举动，都会影响他们。"

梁建说："嗬嗬！我现在是抬脚动步都得看皇历了！"

这工夫，小刘跑过来，指着桥梁工地站着的一堆人，说："瞧！老工程师在那儿！"

老阎和梁建顺着小刘指的方向瞭望了一阵，然后，他们便朝着桥梁工地走去。

二

目前，这桥梁工地是第九工程队最紧张、最热闹的工点之一。桥址附近，堆着钢筋、水泥、木板、椽子、方木、圆木、绳索、沙石。到处都是胶皮管子。抽水机、卷扬机、起重机和混凝土搅拌机，在轰隆隆地吼叫着。挑沙石和运水泥的工人来回奔跑。 眼看五个桥墩已经有四个就要完工了，只有五号桥墩做了半截，放到那里了。 许多工人围在那半截桥墩周围的脚手架上，有的一言不发地吸纸烟，有的没奈何地唉声叹气，有的在狠狠地咒骂祖宗三代。

老工程师张如松拄根树枝，当手杖用；目光炯炯地盯着那做了一半的混凝土桥墩。 他身边站了五个年轻的干部：桥工队队长、副队长、指导员和领工员，还有女技术员韦珍。

韦珍穿着白衬衣，蓝粗布裤子，背个草帽，身材健美而匀称。 两根大辫子盘在头上。 椭圆形的脸上有一双好奇而吃惊的眼睛。 这光芒四射的眼睛，流露出要强的神色，也流露出热烈的心情、快乐的气息、年青人的朝气和回荡在全身的力量。

她望着老工程师，眼睛睁得很大，一眨也不眨，鼻尖和嘴唇上冒起许多晶亮的小汗珠，胸部微微起伏。

老工程师皱着眉头，那严厉而冰冷的眼光，落到韦珍身上，问："你是这里的技术干部吗？"

韦珍大胆地承受着老工程师那逼人的眼光，微微点头，"嗯"了一声；同时，心又不安地跳动着。 她很想说："我是昨天才到这个桥工队的……"去吧，愿意怎么批评就怎么批评，有什么必要啰唆呢？

老工程师张如松觉着，他要把韦珍那孩子式的模样和明亮而湿润的眼睛多望一阵，就会心软，原谅一切。 他丢开韦珍，用钳子一样的眼光拧住了小伙子们。

他火气蛮大地说："你们做的这混凝土桥墩，简直是豆腐渣！"他指点自己的心窝，问："问得过良心吗？"

韦珍还是盯着老工程师，只是眼睛越来越湿润，也越明亮了；手里拿的皮尺掉在地上了，两手用力绞着。她一到工地，就听到许多人向她夸耀："我们这里有位老工程师，有干劲，有学问，有丰富的施工经验，还有一份很厉害的脾气。"果然，今天她头一回看见这老头，就体验到"很厉害的脾气"的可怕了！

桥工队队长想辩解，老工程师手一挥，严厉地追问："问得过良心吗？说呀，问得过良心吗？"

"嘿，问得好啊！"随着这浊重的声音，阎兴出现在大家面前。他后边跟着梁建和小刘。

几个负责干部站在这里，整个形势就显得更加严重。老工程师朝老阎和梁建望了一眼，又对那几个干部说："我是总工程师。我命令你们，立刻把这七米混凝土桥墩全部返工——炸掉重做！"

韦珍的长睫毛在闪动，仿佛"返工"这件事既在意料外又在意料中。不过，她望着那不争气的桥墩，呼吸短促。她说什么也没有想到，前几个月给工程师当助手的时候，渴望着去独立工作，如今这个愿望实现了，可是在独当一面挑起第一个工作担子的时候，就碰到这一档子不光彩的事。一种羞愧的感情冲撞着她要强好胜的心！

桥工队的干部们听到老工程师的命令，都大吃一惊，说："要返工问题可多啦！ 不说别的，这——"

老工程师一口咬定："返工！ 不能糊弄国家，不能让儿孙后代骂我们无能。 返工！"

小刘机敏得像个猴子似的，嗖地登上了脚手架，把桥墩检查了一下，只见到处都是窟窿眼睛，有的地方用锤子一敲，就唰唰落下灰块。

小刘抢着小锤子喊："哎呀，是要返工哪！ 这简直是——"他看了看梁建那黑煞煞的脸色，嘴一咧，便把后半截话咽到肚里去了。

韦珍满脸飞红。 她激昂地说："返工就返工！ 我们风里来雨里去，又不是为了混饭吃，也不是闹着玩！"她望着身边峭壁上"百年大计，质量第一"和"一切为了社会主义"的白灰写的大标语，两股眉毛拧成一股；让太阳晒得起白皮的嘴唇，绷得生紧。 脸上看不出一点严厉的气色，倒显得有点孩子气的任性了。

这里站着的每个人全知道，在建设工地活动的女技术人员，都是不平常的人。 她们，不管是大学生、中等技术学校毕业的，还是从工人当中提拔的，十个就有十个是热情的、泼辣的、能干的，不怕风不怕雨，不怕热不怕冷，不怕饥饿和疲劳。 她们，都像韦珍一样，胸怀壮志，想做一番事业，又自尊又要强，见不得婆婆妈妈的照顾。 你要说，这项工作太苦，调个男同志去吧，她们立刻和你争辩；还说不定马上从日记本上扯一页纸，在膝盖上嗖嗖地写一封信，把你告到党委去。 小心！ 你要不留神露出轻视妇女的话，不管是谁，也不管在什么场合，她们会严厉地质问你，让你下不了台。 事后，还不晓得把你恨成什么样哩！ 仿佛她们要在一天之内改变生活的面貌，改变自然界的面貌，使世界变得崭新；仿佛中国妇女几千年来所蕴蓄的力量，都从她们的心里喷发出来了。 就像韦珍吧，来工地只有几个月，已经立了几次功。 她的照片出现在工程局的光荣榜上，她的模范事迹在青年们中间被热情地传颂着。 有些冒失的小伙子，还写信向她热烈求爱。

桥工队队长不停地给韦珍丢眼色，仿佛说："喂！ 不要火上加油！"

韦珍反倒提了声音，脱口而出地说："你不要挤眉弄眼，这是社会主义建设呀！"

几个桥工队的干部，没奈何地看了看韦珍，又望着老阎和梁建，好像说："队长！ 你们来对付这个倔老头和这难说话的姑娘！ 桥墩质量不好，可以想一些补救的办法，恐怕不能返工。 没日子啦，眼看就要接轨通车了！"

梁建懒懒散散地站在那里，把一块光滑的小石头在手里轻轻地丢着。 他想："返工？ 第一个站出来反对返工的人，绝不是我姓梁的。"可是他却一字一板地这样说："嗯，大伙合计吧，怎么省事就怎么办啊！"

老工程师用木棍咚咚咚地跺着地，说："不建设最省事！"

"不吃饭更省事!"韦珍盯着梁建说,好像在挑战。

小刘像是让谁刺了一下,忽地扭过头,瞅了韦珍一眼。他觉着,这女同志没高没低,说话太刻薄,心里很窝火,直想剋她几句。

韦珍到这里工作的头几天,老阎凭着丰富的斗争经验,凭着党委书记特有的眼力,凭着善于知人的本领,便在韦珍身上发现了一种很可贵的东西——虽然这种东西只是刚刚发芽,还需要灌溉和培养。 平素,他很少找她谈什么,更没有夸奖过她,似乎很淡漠。 但是他时时留心她的思想状况和心情的变化,留心她和工人们的关系,留心她在工作中处理的每一项事情,留心群众对她的议论和反映。 目下,尽管韦珍说的话并没有什么错,但是老阎脸色严厉,皱起眉头,长久地凝视着韦珍。

韦珍感到那眼光的分量很重,便转过脸去,望着山坡上正在进行钻探的地质工作人员。 她后悔说话太冲,痛恨自己掌握不住自己!

梁建轻轻地笑了一声,把韦珍上下打量了一阵,心想:"年轻人啊,有本事碰上三年五载再看!"同时,一种矛盾的感情掠过心头,他又不由得羡慕起这女孩子了:"她不会瞻前顾后,说自己想说的话,毫不犹豫地一直朝自己认定的地方走去! 多好啊!"他仔仔细细地看那黑乌乌的头发、大而聪慧的眼睛和那刚毅的嘴唇,好像要在这女孩子的脸上找出那心直口快的原因。 猛然,他发愣了:这女孩子的气质和脾性活活就是青年时代的梁建。 十六七年以前，他梁建二十岁出头，锐气十足，谁要说伸手推不动一座山，他就不信。 那时光，他也是多次像韦珍这样，天不怕地不怕，用正直的语言，撞击那些自己看不惯的人，不论地位多高。

韦珍有点怄气、委屈。 她看看梁建那盯着她的眼睛、不时变化的脸色和那扇动着的鼻孔，仿佛在说："怪啦！ 老是盯着我干吗？"

笑影掠过老工程师的眼角。 是的，作为一个技术干部看，这女孩子还太年轻，还缺少施工经验，可是她很能干，也挺厉害，对人对己都很严格。 再说，她的这份儿脾气，多么叫人喜欢啊！

老工程师摸出怀表，看了看，又拍拍身上的土，说："老阎，返工的事就这样决定。 咱们快到五号工点去，基建局和设计单位的几位同志，在那儿等着咱们。"

老阎直挺挺地站在那里，没有吭声。 他清楚地知道，这个桥墩返工，会带来多么严重的后果。 把返工和重新打混凝土的时间紧抠紧算，也需要六天，才能做起这个桥墩。 桥墩做成之后，需要二十八天"养生期"，才能达到设计强度，才能架设桥梁，才能铺轨通车。 六天加二十八天，不是三十四天吗？ 而从今天算起到"七一"接轨，却只有二十九天了。 千余里的铁路工地，只要有一尺一寸没做好，都不能铺轨通车，更别说一座桥梁不能如期完成了！

桥工队的几个干部都显得很焦急，很委屈。 他们像是有

033

话要说，又不便开口，你看我，我看你，憋得脸红脖子粗。

小刘看到这些干部挺为难，他觉着自己有责任把真情实话说出来。

他望着自己的胸脯，坚决而平静地说："返工是肯定要返工，可是领导干部要对这件工程事故负责任。据我知道，桥工队的职工起首'打洋灰'的时候，就向梁队长请示：'我们手边的洋灰有些变质，原来的模型板也破烂得不像样了，是不是可以调来一些好洋灰，做一套新模型板？'梁队长说：'变质的洋灰降低标号使用，模型板就凑合着使用原来的。'打了七米以后，他们又请梁队长检查过一回……"

一个桥工队的干部接住小刘的话头，气愤愤地说："是呀，梁队长检查完了，告诉我们：行。现在你们又叫返工！一个媳妇十个婆婆，哪个婆婆说了算？"

梁建似笑非笑地把小刘瞅了好几分钟，然后满有把握地说："不错。我当时认为桥墩可以对付，现在也没有改变这个认识。你们看，这桥墩的确不很光堂，有些'蜂窝''麻面'，要是用灰浆抹一抹，还是美观的。不必返工！"

几个年轻的干部和韦珍，有的心情激动，有的独自嘟囔，有的交换眼色，有的瞅着老工程师、老阎和梁建，等待最后的决定。

老工程师摇摇头，说："原来这个桥墩是在老梁指导下做出来的。嘘！竟有这样的事情！竟有这样的事情！"

梁建扫了老阎一眼，提高声音，像是对整个工地讲话一样，说："世界上，没有比说话更容易的事了！……又要赶工期，又要质量好，这就是又要马儿好又要马儿不吃草。好吧，丢开'七一'接轨的计划，当然可以返工。"

老工程师挺着脖子，望着老阎说："做决定吧！"提起挎包准备走。他早就知道老阎这毫不含糊的人，会满心满意支持他的意见。

老阎直盯着韦珍脸膛的侧面，声音威严而低沉地命令：

"韦珍，不忙返工！"

梁建仿佛早就料到老阎会说什么。他望着天空，很难察觉的笑意，在嘴角和眼角闪动。

几个年轻的干部，都觉得非常意外，吃惊地张着嘴。韦珍猛地扭过头来，盯着阎队长那酱色的脸膛，水汪汪的眼睛里显出了迷乱的神情。连小刘也眨着眼，识不透老阎的用意。

老工程师非常困难地转过身来，从头到脚瞅着老阎。他那苍白的眉毛中有几根长了半寸多长，心情紧张的时候，这几根长眉毛就像很细的钢丝在抖动。

韦珍生怕老工程师跌倒，想去扶他。老工程师用严厉的眼光止住了她。她的手像被火烧了一样，连忙缩回去。

一九四九年，老工程师起首在老阎领导下工作的时光，他觉得，让这个锻工出身又不知学校门朝哪边开的人，来领导这在大学讲台和铁路工地消磨了三十多年岁月的人，简直是天下最荒唐的事！那时节，他对老阎是凉冰冰的。日常生活中见了面，有话就说，没话就各走各的路。 后来，他和老阎以及许多工人和战士，从东北抢修铁路直到广东，接着又马不停蹄地一道在朝鲜战场奋战了三年。 只是在不久以前，他被调到工程局担任总工程师的时候，两人才难分难舍地分了手。 在他和老阎一个锅里搅稀稠的日子里，艰苦的战斗和深厚的友谊，让他认识了把大半辈子生命献给战斗生活的老阎。 他，时常通过老阎来揣摸新世界。 直到如今，他虽然没有向谁承认过，可是他在心里却把老阎奉为自己做人的榜样。 老阎的名字和作为，常常出现在他给亲人和知己朋友的信件中。 因而，目下他不相信自己的耳朵。"不返工！"老阎会说出这样的话吗？ 如果真是说出这样的话，一个用信任和尊敬铸造的形象，不是一下子便毁了？ 人生不是也变得难以理解了？

他双手扶住那根粗树枝，好像是要用它来支持身体的全部重量。

他想："可能是我听错了，嗯，一定是我听错了！"他没有把握地问："老阎！ 哎，老阎！ 不……不……不返工？"

"不忙返工！"老阎声音很沉。 从他口里吐出的每一个字，都像块铁，用十六磅的大锤，也休想砸碎。

老工程师像是僵在那里了，脸上那一条条皱纹都拉直了。 两股苍白的眉毛竖立起来了；眉毛中的几根细钢丝，抖动得像是发出了声音；两眼喷射出逼人的光芒。 也许，事后会后悔，但是这一阵恼怒的感情支配了他。 他偏着头，严厉地质问："为什么？"

老阎一动也不动，像是在地上扎了根，脸色铁青。他谁也不看，愤愤地说："可耻的事，并不是用手一抹就可以抹掉的。让全体职工轮流来参观这桥墩。看看，我们在建设工地糟蹋了多少钱！我们总该用这些钱多少换来一点东西嘛！"他扭过头，对韦珍和那几个年轻的干部说："返工也有几种几样的返法。现在，你们和桥工队的工人都站在桥墩旁边，我去发动职工来参观。你们要仔细认真地向参观的人介绍，怎样把这项工程搞坏的，返工后要浪费多少钱，这些钱能买多少粮食，这些粮食够多少人吃多少天。怎么，你们不乐意？老实说，我要你们计算的只是有形的损失，还有无形的损失呢！成百桥梁工人整整干了四天，等于一个人干了四百多天，结果是白搭。一个人一生中有多少四百天？更不要说这个桥墩怎样阻碍了整个工程的进展！去！去布置你们的展览会。越快越好，越具体越好，越生动越好。"

桥工队的几个年轻干部，看看老阎、梁建和老工程师，然后，又不约而同地把眼光集中在那半截桥墩上。他们当中，有的人不停地眨着眼，一口又一口咽唾沫，仿佛一时弄不清楚老阎说话的意思；有的气鼓鼓地噘着嘴，好像准备跟谁吵架；有的长吁短叹，显出一副泄气的样子。

韦珍觉得，一阵冷气凉呼呼地通过心脏，渗透全身！她已经进入了自己想象的场合。她这出奇的展览品，摆在那倒霉的桥墩旁边。参观的人前拥后挤地来了，老工人背着手，那严厉的眼睛不看桥墩只是责问韦珍："孩子！你就算咱们培养出来的技术人员？你的科学知识给咱们带来了啥益处？你不知道工人们在劳动中血一滴汗一点的辛苦？你不晓得一把水泥、一寸钢筋、一筐石头、一筐沙子是怎么来的？你一点也不懂得心疼咱们的家业？"那年轻的工人们，不管三七二十一，一股劲地用石头砸着桥墩，好像这半截桥墩侮辱了整个工人阶级。接着，又来了一帮和韦珍一道在工地工作的同学。他们当中，有的人一下子便激动起来，好像韦珍干了世界上最见不得人的坏事；有的人，嘻嘻哈哈地说风凉话；有的人背着手，显出很有学问的样子，从理论、技术和施工方法方面谈论这起质量事故……

想到这番情景，韦珍脸上像火烤，心里像发了洪水，恨不得钻到地缝里去！

老工程师依然盯着老阁，可是眼里闪动着多么复杂的心思啊！他觉得身材结实的老阁，显得又高大又雄伟。他像是第一次发现老阁的眼睛格外深沉。比起老阁来，自己多么简单、贫乏！心头涌起了强烈的自责情绪：混凝土桥墩搞坏了，这和自己这直接负责技术指导的人无关吗？桥石队这一帮年轻干部，都是从朝鲜战场回来的英雄好汉，干起工作来满身是劲，又肯学习。也许他们的工程质量一直挺好，一时不小心把混凝土桥墩搞坏了。要他们返工重做就是了，何必那么毛燥火烧地训人家一顿？谁没有个错呀！唉！下过一千次决心要改掉这讨厌的脾气，可又改了多少呢？"江山易改，禀性难移"的旧话，多么刺心，多么使人痛苦！

梁建本想不动声色，但是老阎的话像严重的打击落到他头上，以致脑子里轰轰响。过了好一阵，按压不住的火气爆发了。他讥讽地说："决定返工，很好！"眼睛一眨也不眨地盯着老阎想："多少年来，他从来没当着这么多的人，这样对待我。是的，这是成心拆我的台。这是不择手段地抬高自己。人，人是最难识透的东西！"

他看了看周围人们的脸色，又冷冷地盯了老阎一眼，背着手，呼呼地向江边走去。路上，捡了一根柳条，一边走一边用力地抽打树干和路边的大石头。

三

韦珍和桥工队的干部们走后，老阎思量了一阵；又把两个肘子向后扇了扇，深深地呼吸了几下，仿佛要把胸中不愉快的情绪都散发掉似的。

他转过身，对老工程师说："你到工程局工作以后，把我们忘得一干二净，有两个多月没来过这里。大伙都挺想你噢。"

"老阎！有烟吗？给我一颗。"老工程师张如松闷闷不乐地用棍子敲打一块大石头，要老阎坐下，"今天一早，我从工程局来，在工程队队部没找到你们，就跑到工地来了。老阎！不要好久，工程第一阶段的胜利就十拿九稳地抓到手了。可雨季会不会提前到来？前思后想，晚上睡不着！你看，地上这么多的蚂蚁。 老乡说，蚂蚁出窝，就要下雨！"

小刘插嘴说："迷信！ 迷信！"

老阎双手抱住膝盖，嘿嘿嘿地笑着。

老工程师说："啊，老阎！ 天阴下雨，你那负过伤的左腿就有反应，很灵验哩。 哎，你感觉到什么啦？ 嗯？"

老阎用拳头捶着腿，说："难说啊！ 天有不测风云。"他觉得腿疼得更厉害了，可不愿意承认这是下雨的预兆，而归之于自己在工地跑了一天身体疲劳的缘故。 同时，他又在心里琢磨那为了防止意外打击所制定出来的措施。

小刘说："把七十二条心都放在肚子里。 我打包票，啥关系也没有。"他说话挺硬邦，可是只要天空飘过一块又黑又厚的云彩，便仰起脸，心里暗暗地央告："老天！ 你可不能变脸！ 你可不能变脸！"

梁建双手托住后脑，躺在远处的沙堆上，望着忽阴忽晴的天空。 过了一会儿，他慢悠悠地坐起来，拣了一块木头，用小刀子削木烟斗。 他低着头，全心全意地一下一下地削着，好像在制作一件精致的艺术品。

老阎用左手搓着黑楂楂的下巴，眯缝着眼，满腹心事地望着梁建的身影，望着那个必须返工的桥墩……

老工程师时而看着老阎，时而望着梁建。 然后，他一手抓住小刘的手，一手揽住小刘的脖子，说："小刘！ 你惦念我这老头子吗？ 我可常惦念你，惦念咱们在朝鲜战场过的那一段日子。 看，你总是像小老虎一样。 我跟你一道，准能多活几年。 小刘，要好好学习，你才是我们的将来。 有出息的人，都是受过苦的人，都是打熬出来的。 嗯，我说的不错吧？"他左右看看，又说："提起小刘，我就想起常飞了。 我女儿来信常常问到这孩子。 做母亲的人，真有一份痴心哪！"

小刘睁大眼睛说："哎呀！ 常飞是你的外孙？ 这才奇了！"

老阎说："想不到。 啊，常飞来这里的时光，你为啥不给我写封信呢？"

老工程师说："写信干吗？ 他到这里还没动手工作，就先背上我的牌子！ 像话吗？ 哦，老阎！ 你的眼力好，据你看，这孩子怎么样呢？"他盯着老阎的眼睛，急切地等待回答。

老阎深知老工程师的脾气，望着远处的山峰寻思着，一时不好开口。

老工程师说："老阎！ 你看你这磨蹭劲！"

老阎说："你容我想一想。 嗯，这样，常飞嘛，到咱们工程队时间不长。 依我看，他年轻，我们走过的路他没走过，这是他的幸福，也是他的包袱！"

"哦！"老工程师愣了一阵，说，"你不知道我对这孩子抱着多大的希望啊！ 这也许是老年人的弱点哪！"

小刘听见老工程师和阎队长拉家常话，他坐不住，便顺路基下边的沙滩向前走。 走了百十米，看见两个测量工人在江边摔跤。 抬头一看，那做得像城墙似的路基边儿上放了个三角架。 小刘正要喊"谁在这里测量"，一听，路基上边有人哼着歌颂青春的歌儿，接着又有时高时低的争论声。 他伸长脖子听了听，也没有听清是谁在唱歌，是谁在说话……

四

原来，技术员常飞和韦珍，肩并肩坐在路基上。 常飞哼了一个歌子之后，又起劲地对韦珍谈天说地。

韦珍望着远处的桥梁工地，若有所思。

常飞看到韦珍对他的话不感兴趣，便扭转话头，说："小韦！ 真是鬼把心窍迷了，我当初为什么下定决心要当工程师？"说罢，深情地望着韦珍。

韦珍说："工程师不好？ 你离当工程师还有八丈远哩！"

常飞嘴一撇，说："我才不羡慕这个头衔。 你看这工地里，整天鸡飞狗跳墙，乌烟瘴气。 泥里滚水里爬，经常还得提防石头掉到头上！"

韦珍望着山峰，肩膀微微摇晃，说："这年头嘛，工程师的称号有强大的吸引力，十个青年就有九个争着干这行道。 倒霉的是：没人到大城市的柏油马路上去移山改河，也没有人到公园里去钻探石油。 小常，这就是让你伤脑筋的地方。 是吗？"

常飞说："呀，你怎么满身都是刺！"

韦珍说："哟，你怪多心！ 我是信口说哩。"

常飞一会儿低着头，一会儿又用手在地上乱画，一会儿又用手理头发，憋了好一阵子才说："你帮我解答个问题。 也……也不算个问题。 例如说，友情会变成别的感情吗？"

韦珍说："友情，这要看哪一种友情。 一个倔老头有个朋友也是倔老头，也许他们会吵架，一吵架，友情就变成互相不满意的感情。"

常飞说："胡扯这些干吗？ 我是说，一个人——我是说，一个人有位挺厉害的女朋友——"

韦珍说："那一定要吵架！"

常飞说："不要打岔。 我是说，他和她一道学习了好几年，后来……后来……后来两个人又在一道工作，他俩是不是只能永远保持朋友关系？"他本想把这很久以来埋藏在心里的话说出之后，猛然站起来跑开，可是两条腿不由自己支配。 现在世界上的一切都是小事，只有韦珍那张嘴里说出的话是最要紧的。 那张嘴里吐露出的任何要求，他都能办到。叫他跳江，他也去。 听候判决吧！

韦珍站起来准备走。 她说："当然不只是朋友关系啦！"

常飞往前挪了挪，急问："不只是朋友关系，还有什么关系？"

韦珍吧嗒吧嗒眨着眼睛，说："同志关系嘛！"

常飞哭丧着脸说："哎呀——你——"

韦珍望着常飞，把鬓角的头发捋了捋；又把盘在头上的辫子解下来，用辫梢轻轻地打着手掌。 她又想起刚才桥梁工地发生的那一场争执。

常飞蔫头蔫脑，想继续说话，但是像把舌头咽到肚里去了，半天张不开口。 他为自己拙劣的口才和沉不住气的架势而懊恼！ 去吧，哪有懊恼的必要呢？ 好久以来，憋在肚子里的话不是挺婉转地说出去了吗？ 再说，希望的线并没有断。 要说话，要不断地说话，这是决定命运的时刻。 于是他又把那说过一百遍的话搬出来了："你……你……你对我有什么意见？"

韦珍说："哟！ 我又不是干部科长，成天关心你的鉴定。"

真的，她很难说出什么。 在大学学习的最后一年，常飞介绍她入团。 韦珍说不上什么爱不爱，只是接触得多了，便不由自主地和常飞亲近起来。 同学嘛，一道学习，无拘无束；琢磨无数公式的实用价值，推求许多原理的深奥含义。肩并肩，望着星空，用想象交织将来的生活；郊游中，激昂地谈论理想……单纯、紧张而快活的学校生活结束了，于是大家到了建设工地。 严峻的斗争生活就像工地里的材料实验室似的，那里，用精密的仪器鉴定每一种材料，变质的、变形的、发霉的和不合乎规格的，都被剔除出来……韦珍在生活的实验室里，学习着思索。 因而，她不止一次地独自个钻到树林子里思量常飞这个人，觉得他身上有些不太对头的东西。 可是，一见常飞，冷静的思考力就被削弱了。 不过有谁提议把他俩的命运结合到一块儿，她便觉得这人是瞎说乱道。

小刘一边往路基上爬，一边喊："嗨，同志！ 加油吧。 这几天搞测量的同志们，都恨不得一个人顶十个人用哩！ 瞧！ 用眼睛也可以看出这段路基高低不平。 谁测量的？ 真该打屁股！"

常飞忽地站起来，把披在眼睛上的头发向后一甩，心里窝火。 小刘这个家伙不迟不早赶来了，还叽里咕噜地说什么"路基"呀，"测量"呀，"质量不高"呀，真是倒霉不挑好日子！

他没好气地说："喂，你的眼睛能看出路基不平，还要这科学仪器干吗？ 好啦，组长同志来得正好，我要到前面测量个弯道，劳驾你帮我计算一下。"

小刘说："开玩笑！ 我怎么计算得了！"

常飞望了韦珍一眼，对小刘说："哦！ 你这个领导干部，成天学数学、搞业务，我以为你很有学问，原来头脑贫乏！ 头脑贫乏，就赶快站到一边去！"

粉身碎骨都可以，轻视是万万不行的。 小刘的胸膛在猛烈地起伏。 他知道自己的毛病：冲动的感情随着愤怒的语言一冲出口，就不可收拾，会捅出乱子。 往常，为这毛病，阎队长和梁队长都没少剋他。 他双手撑在腰里，紧绷住嘴，两眼冒火，肚子憋得咕咕叫！

　　韦珍把常飞拉了一把，友爱地责备："小常！ 你怎么能说出这不三不四的话？"

　　常飞眼珠子转了转，撇着嘴说："我错啦，我错啦，我不晓得有你庇护他啊！"

　　韦珍把辫子往身后一丢，说："他用不着我庇护。 你想想，你我上小学的时候，小刘在沿门讨饭；你我上中学、大学的时候，小刘在拼死拼活地打仗。 难道因为他曾经是贫穷人家的子弟，因为他把青春献给了战争，别人就有理由轻视他？ 实说吧，照他现在的政治觉悟和组织能力，我们再过十年也不一定有他的水平高；照他现在钻研业务的精神，不要好久，我们跑步也赶不上他！ 前天来工地的那个铁道兵部队的专家，二十多岁的时候还不是个文盲？ 亏你还是个新式知识分子哩，鬼知道你脑子里装了多少垃圾！"

　　常飞双手塞在裤兜里，斜歪着肩膀，一只脚在地上点着，说："同志，别给我来这一套！"

　　韦珍轻蔑地说："这一套，这一套你一点也不懂！"

　　常飞气呼呼地说："就算我是个傻瓜，也还懂得什么叫借题发挥。"

　　韦珍满脸飞红，说："你有什么权利对我这样说话？"

　　小刘进退两难。 他做梦也没有梦到自己被纠缠在他俩的关系之中，同时，心里涌起了一种感情：很感激韦珍。 平素，大伙一块儿开会，一块儿商量事情，一个锅里搅稀稠，小刘从没有留意，这位说话挺冲的女同志，倒有一副滚热的心肠；也万万没有想到她对自己这么了解，这么关心，这么爱护，这么尊敬。而且，小刘好像头一次发现她——韦珍同志，身姿这样矫健，脸膛这样刚强，眼睛这样明净。一句话，他在她身上发现了许多与自己相似的特点。这相似的特点，使双方都变成了一面镜子，使双方都从这面镜子里看到了自己。

这正是高尚的感情存在的基础吧！

小刘想把话头转到工作上，于是他避开韦珍那喷射热情的眼睛，对常飞说："要是猛地来了大雨，咱们可吃不消啊！闲话少说，抓紧工作。这几天全国人民都在望着咱们哩。"

常飞赌气地说："你不要穷催，要我没日没夜地卖命办不到。"

小刘满肚子火气又升腾起来，说道："卖命？你刚来几天，还没做多少工作，你——"

常飞跳起来，把制服往胳膊上一搭，头一摆，把披在前额上的头发甩到脑后，说道："你个子不大，官僚架子倒不小！告诉你，不要说我刚来几天，我在这山沟里待一天半天，就是很大的牺牲哩！"

韦珍又震惊又愤怒，眼睛盯着常飞，好像她要用那剑一样的眼光把常飞刺倒，说道："照你的说法，劳动人民还应该感激你这位难侍候的少爷哩！像你这种人少上万儿八千，我们照样建设。"猛一转身，辫子甩起来，险些打在常飞脸上。她一边顺路基朝桥梁工地走，一边说："成天甜言蜜语的，世界上有谁把心交给你，就算瞎了眼！"

小刘望着韦珍的背影，把刚才那一场争吵带来的恼火心情，忘得干干净净。好像谁在他心里放了一把火，全部感情像一锅开水在滚，连常飞那难看的脸色和气恨的眼光，他也丝毫没有留意。

常飞呼哧呼哧喘气。他听不到工地里的各种声音，看不见眼前的各种景象，小刘什么时候走开的，也不知道。停了好一阵，他仿佛突然从昏迷状态中苏醒过来，跺着脚，大声喊："谁叫我来这倒霉的地方！谁叫我来这倒霉的地方！"话没落音，回头一看，工程队队长阎兴和他的外祖父——老工程师，像是从天而降似的站在他身边。

常飞变颜失色，手没处放，脚没处站。他望了望天又瞅地，好像要飞到天空或者钻到地缝里去。

五

阎队长背着手，打量着常飞那挺不自然的架势，和蔼地说："小常！怎么啦，你心情不好？"

老工程师用右手理了理稀疏的白发，说："孩子！心情不好也不能瞎说哪！你正在学着走路哩，还能这么任性？"

常飞挺着脖子，看着身旁的山崖，气呼呼地说："这也叫任性？"

老工程师把棍子往旁边一扔，向前走了一步，严厉地望着常飞说："不任性？我问你，怎么是'倒霉的地方'呢？

我们的祖先在这里修了一点栈道，历史上写了又写。二十多年以前，那个万恶的国民党政府，为了向老百姓多收捐税，就扬言要在这里修铁路。于是，从外国请来了'专家'。那些'专家'让中国苦力用轿子抬上，远远地望了望秦岭和大巴山，便说：'中国建造这条路的人，还没有生养出来，过一两个世纪再瞧吧！'那帮狗东西，把中国工人视若草芥，也根本不承认在这国土上还诞生过著名的工程师詹天佑。我和许多工程界的朋友气愤不过，自己背上行李，扛上仪器，雇了向导，在这一带摸了又摸，看了又看，结果一事无成，还险些被野兽吃掉，被土匪打死！而那些国民党的大员，还说我们钻到这深山里是'图谋不轨'！孩子，当时，我不能不流着眼泪暗暗自承认：的确是连想象在这里修铁路的勇气都没有！现在，看看现在，我们穿过这秦岭和大巴山，修了一千几百里的铁路，移山改河就不去说，隧道连起来共长一百六七十里，桥梁连起来也有五十多里。什么开挖'运河'就值得夸耀？万里长城就算是全世界的人都为之惊倒的工程？孩子！一个工程技术人员，一辈子能跟许多人一道修这样一条路，他的一生就算没有虚度。你懂吗？嗯，你懂吗？"

常飞觉得，他有生以来，没有比今天更晦气了。他耸耸肩膀，嘟嘟囔囔地说："这和我有什么相干？我现在对任何事情都不感兴趣！"

"'这和我有什么相干'，'对任何事情都不感兴趣'！"老工程师吸了一口冷气，心里冰凉透顶，摸摸索索地靠在一块大石头边，茫然失措，像个泥塑木雕的人。 白眉毛下边的眼睛睁得挺大，灰雾雾的眼珠失去光彩，白花花的胡子随风飘动！

近几年，张如松遇到过叫人气愤和失望的事，这些事都不能压倒他。 因为他能衡量出这些事情在我们的生活中占多大的分量。 眼下，失望、悲痛和激愤的心情，使他头脑昏晕，四肢麻木；高山、大江、工地，都在眼前旋转！ 站在这里的人是自己用心血哺育大的常飞吗？ 不，不是。 唉！ 那高挑个儿，黑乌乌的头发，没有经过风霜的嫩脸膛，清秀的眉目，不是常飞又是谁呢？ 老工程师胸脯发闷、膨胀、裂痛，一句话也说不出来。 可是他多么想用抖动的双手扳住常飞的双肩，用饱经磨难的双眼叩问常飞的良心："你记得多少年来是什么东西把我的头发一根根染白的吗？ 你记得你的母亲是怎样变得瘦弱多病的吗？ 你记得在那不堪回首的日子里，为了你能吃饱、穿暖和不失学，我向那些不愿意交往的人去乞求援助吗？ 伸出乞求的手，望着冷若冰霜的面孔，那种愤不欲生的滋味没有刻到你心里吗？ 孩子！ 当时我是堂堂的教授，可是我把一块破布铺在街头，出卖自己视若生命的书籍；还常常把苞谷面饼子夹在小包里，背着人嚼上几口，然后到大学的讲台上授课！ 因为营养不良，何止一次昏倒在课堂上呢？ 艰难、屈辱而漫长的日子，在逐渐消磨我的生命！ 我平平庸庸终日为糊口而奔波！ 我对还不懂事的你，多次说过：常飞啊，你决不能像我这样生活，你应该有另外一种生活。 是什么样的生活？ 不知道。 总之，我和你的母亲，一日复一日，一年又一年，计算着你的身体和智慧的增长。 孩子！ 现在你长大成人了，而且不知道什么叫国破家亡，不知道什么叫压迫、贫困和屈辱。 你还没有走出学校的门槛，人们就望眼欲穿地期待你成长。 你的脚刚迈出学校的门槛，人们就双手迎接你这为知识武装起来的子弟，去兴邦建业。 这是幸运呢，还是不幸？ 如若是幸运，那么，你稚嫩的嘴对人吐露和证实了些什么！"

老阎直挺挺地站在那里，望着这爷孙俩。 他用大而粗的手指扼着黑楂楂的下巴，思索着，深深地思索着！ 心里隐隐作痛，胸中翻腾着难以说明的感情。 他在万里征战中，在连天的烽火中，在异国的土地上和美国鬼子拼命厮杀中，在负了重伤死亡擦过身边的时刻，都没有体会过目下这种感情！

第三章　祸从天降

一

六月下旬的一个上午，梁建戴着个大草帽，背着手，像散步似的往江边走去。

最近几天，上下一千多里的铁路工地上，十几万职工，为了防备大雨和洪水到来，忙得更厉害了。有些工点增添了劳动力。关键工程的地方，机械增多了。山坡和江边的小道上，一溜一行的青年突击队员，打着红旗，唱着歌儿，以急行军的速度，去支援工程吃紧的单位。运输便道上，拉粮食和拉各种材料的车子，大大增加了；一天二十四小时，成百上千的汽车拉成一条线，像是去救火似的飞奔，汽车的喇叭声响彻山谷。从工棚到职工家属住的破草房，从各个工程队部到施工现场，处处都能听到人们谈说"工期"和"防洪"。有的人说梦话也离不了这些。但是，作为第九工程队负责人之一的梁建，倒保持着出奇的冷静。他每天准时上班，照常工作，自己应办的事，都一宗一项地办停当。遇到那些使别人心肺都要炸裂的事，他能沉住气，显得消闲自在，仿佛什么也不思索，什么也不熬愁。

用惊奇的眼光看梁建的人，越来越多了。

梁建躺在嘉陵江边的沙滩上，双手托着脑袋，长久地望着片片浮云。他下了决心，什么事也不想。可是心里总是不能平静，各种事情不招自来，直往他脑子里钻。

这时候，十几个纤夫，拉着一条大木船，逆流而上。纤夫们弯下腰，"哼咻！哼咻"地喘着气，顺江滩往前走。斜挂在胸前的纤绳，眼看就要扣到肉里去了。每走一步，那十几双脚，就踏出很多深深的沙窝。有时候，遇到险滩，他们的腰弯得更低了，下巴都快挨住地面了，一双双的手，抠住地上的石头往前挣扎。汗如雨下！

梁建坐起来，兴头蛮大地盯着纤夫们从远处走来，路过他面前，又向远处走去……最近，只有这纤夫拉纤的景象，最使他感动。他连连说："不容易！真不容易！"直到纤夫们身影消失在江岸上的树林里以后，他还呆呆地望着那十几双脚在江滩上踩出的许许多多沙窝，不停地独自嘟囔，好像领悟到非常重大的哲理似的。

有十来辆大卡车，从梁建对面的运输便道上飞驰过去，带起了漫天尘土。

过了一会儿，又有一辆大卡车从远处开来，在运输便道转弯的地方，猛地停住了。一帮年轻人，叽叽哇哇推推挤挤地从车上咚咚跳下来。其中就有韦珍。

　　韦珍穿件白衬衣，背个草帽，手里拿着图纸，裤兜里塞着皮尺和一卷表格，鼓鼓囊囊的，满脸是汗。

　　那辆车子开走了。 韦珍和五六个青年人还站在公路上，热烈地谈论什么，一个比一个声音高。

　　梁建悠悠忽忽，瞌睡爬上了眼皮。 可是一看见韦珍站在远处，他忽地站起来了。

　　说起来也出奇，这多时他对样样事都漠不关心，独有一看到或者是一想到韦珍的模样，漠然的情绪立刻跑得精光，心里微微有些刺痛，各种杂乱的回忆在脑子里乱翻腾。 这倒不只是因为他从韦珍身上看到青年时代的自己，看到一颗纯洁的心，而且是：最近韦珍和他打交道当中，她一点也不掩饰她的不满心情，当着许多人顶撞他。 难道在这个毛头姑娘眼里，梁建这位领导人就真的这样不成器、不中用？ 有时候，梁建忍无可忍，严厉地批评她："谁给你惯下这副脾气？"但是，韦珍大胆而讥讽地瞅着梁建，把那严厉的责备当作耳边风。

　　　　　　　　二

　　梁建拍了拍身上的沙土，挥着手喊："噢——小韦！ 过来！"

　　韦珍迟疑了一下，把吊在胸前的辫子用力地往身后一甩，朝江边走去。 她讨厌梁建，有时候甚至恼恨这样的人。几个月以前，她和几位同学刚到建设工地来的时候，就听到大伙说："梁建是一位经过长期革命锻炼的领导同志，到建设工地摸索了这几年，成了个挺有办法的建设干部……"这样，韦珍用尊敬的眼光看梁建这位经过大风大浪的干部。可是自从老工程师批评桥墩质量不好以后，她又和梁建研究了几次工作，发现梁建对许多重大事情都不在意。依她看，梁建好像变成了三锥子都扎不出血的人了。再加上梁建那一见她就很不平静的脸色，更叫她恼火！

韦珍坐在梁建旁边的一块大石头上，说："梁队长，你好！我们今天到兄弟单位去学习先进经验，你怎么不去？到上上下下的工地一看，才知道我们这铁路工程多热闹，多伟大，多艰巨！八十岁老头看了，也能变成个青年。"她的话把她自己鼓舞起来了，满脸是兴奋的光辉。

"知道！"梁建点头应承着，并且用长辈的眼光仔细地打量她。

韦珍把一块手帕泡湿顶在头上，又把鞋子脱了，一边用脚拍着江水，一边捡起石头咚咚地往江心扔。江面冒起水花，接着，一个套一个的波纹迅速地扩大着。当波纹快要消失的时候，韦珍又往江心扔一块石头……

梁建凝视着韦珍，心平气和地问："小韦！好像你对我意见蛮多？"

"不少！"

梁建笑了笑，说："小韦！不管你开言动语怎样幼稚，不管你怎样到处乱咋呼，我清楚地看到你是个好青年。你当然不能了解我，不过我们还是可以交谈交谈。 好吗？"

一个领导同志肯把自己的心向一个青年摊开，这使韦珍很感动。 真的。 往日对待梁队长太性急，太简单，太不顾分寸。 上级领导同志如同自己的父兄。 对待自己的父兄不是很需要爱护、体贴和出自内心的尊敬吗？ 自己刚出手做工作，就是这副样子！ 团组织的教导、教师的嘱咐、妈妈的叮咛、同学们的临别赠语，又记取了多少？ ……话是开心的钥匙，应该趁这个好机会，跟梁队长亲切地谈一谈。

韦珍觉得自己有很多话要说，一时又找不到话头。 大概，梁队长也需要安慰和鼓励吧！ 可是咋说呢？ 她咬住嘴唇，睁大眼睛望着江面上的波纹，思量着。

梁建看小韦不作声，觉得这年轻人决不能理解自己，想深谈的心思消失了。 他扭转话头，说："小韦！ 怎样和上级、同级、下级相处，想过没有？ 你晓得前面有怎样的困难等着你？"

韦珍微微笑着说："没有啊！"

梁建说："要注意。 像你这样的人我见得太多了，很容易受挫折！ 说不定在你碰上几次钉子以后，会变得软溜溜的连豆腐也咬不动。"

"这种话多烦人哪！"一种不愉快的情绪涌上韦珍的心头。 那迅速反映出一切的脸上，闪过烦恼的气色。 可是她立刻压住了这种感情，用友好的口气说："你说得多怕人啊！阎队长革命几十年，该是经受过各种困难，碰过不少钉子吧！ 直到现在，咱们工程队谁也没有他挑的担子重，他反倒炼成一块钢了。 咦！ 撇嘴干啥？ 我说得不对？"

梁建说："事非经过不知难哪！ 有一天当你付出了足够的代价，就会想起我说的话。 你哟，是个又天真又难说话的姑娘。 我猜想，你大概是娇养大的！"他扫了韦珍一眼，又懒洋洋地把指头压得咔吧咔吧响。

"早知道你这么看我！"韦珍赌气地鼓了鼓腮帮说，"信不信由你。 我父亲是个铁路工人，抗日战争开始，他带上我和妈妈逃难到西安。 一到西安，日本飞机来轰炸，父亲被炸死在西安车站。 妈妈带着我，不受的罪也受了，不经的事也经了。 我能记得事情的时候，就跟上妈妈给人家洗衣服、做活儿。 我上学念书，总是饥一顿饱一顿……要不是四九年解放，连中学、大学的门也休想摸一下！"

梁建说："哦！ 这么说，抗日战争的情形，你还记得？"

韦珍说："抗战开始我才两三岁，能记得什么？ 很多事情都是听妈妈说的。"

"这就证明我们是两代人了！"梁建敞开衬衣，两臂高举，把衣袖往下抖了抖，坐在一块石头上，蛮兴奋地说，"时光过得多快哟，小韦！ 卢沟桥炮声响的时候，我刚十九岁，毛头孩子一个。 草包！ 连一只鸡也不敢杀。 后来，我拿起了枪，面对面捅死过日本鬼子。 有一回，在狂风暴雨的夜里，我用大铡刀把一个作恶多端、人人痛恨的大汉奸，从头顶劈到脚跟。 腰里别支枪，去发动群众，在敌人千军万马中横冲直闯；直到后来打蒋介石还是这股劲头。 小韦！ 那时候根本不知道什么叫疲劳、艰苦、牺牲，只觉着全民族的灾难和力量都集中在自己身上了。 嗬！ 这种感觉，把一个平常人一下子就变成了敢作敢为、顶天立地的英雄好汉！"

韦珍转过脸来，惊奇地眨着眼，问："哟！ 为啥有那么大的劲头？"

梁建说："这还用问？ 那时节，国破家亡，无路可走。或者说，后退是死路一条，往前去虽然说有被打死的危险，有冻死、累死、饿死的危险，可也有死里求生的希望啊！ 反正敌人把刀子放到你脖子上啦，愿死愿活由你挑拣！"

韦珍凝望着滔滔江水，一边思量，一边说："哦！ 一个人只有在自己没有饭吃，没有出路，无法可想，活不下去的时候，才有奋不顾身的革命劲头？ 等到他不愁吃穿了，生活环境安逸了，能活下去了，有一官半职了，就感觉不到劳动人民的迫切需要了？ 就听不见生活在怎样呼唤社会主义？他的生命就失去了动力？ 这样的人，能算真正的革命者？他在历史上扮演的是啥角色？ 给我解释解释，梁队长！"

仿佛数九寒天，谁给梁建身上浇了一桶凉水。 他打了一个冷战，心里非常反感，十分恼怒，可是哑然一笑，说："哼，总有一天，你会知道喇叭是铜锅是铁，小韦！ 现在我只能对你说，你有值得骄傲的年龄，我呢，也有不算太贫乏的经验。 当然啦，我得承认，没有经验是可怕的，有过多的经验也是可怕的！"说罢，他似笑非笑，捡了一块圆溜溜的小石子在手里丢着玩，摆出一副玩世不恭的架势。

韦珍明显地感觉到，她和梁建是不能心碰心的。 梁建不像自己和自己的那帮年轻好友，一点点小事情都可以深深地感动，他有他的一套坚实的想法。 看！ 刚才浮现在他脸上的热情，转眼之间就消失得精光溜净！

梁建站起来，蔫头蔫脑地望着韦珍，好像望着一个讨厌而又十分不懂事的小孩子。 多奇怪！ 韦珍说的话和老阎曾经对他说的某些话一模一样。 难道老阎在这些青年人面前议论自己了？ 揭自己的短了？ 他后悔他向这幼稚、执拗而又不通人情的女孩子把心摊开。 他在心里咒骂自己："碰到了鬼，感情一冲动就说了一大堆无聊的话！"

三

梁建后悔自己向韦珍把心摊开，其实还没有完全摊开；即使完全摊开，韦珍并不见得一下子对那复杂的经历，能做出扼要而精确的判断。 不错，过去梁建带着家破人亡的仇恨，带着年轻人烫热的心，和战友们驰骋在华北平原上的浓浓烟火中、枪声刀影里，有过勇敢的厮杀，有过功劳；就是在这建设工地里，也并非没有吃苦，没有出力，没有丝毫贡献。 但是，道路是曲折的，行走起来并不容易。 如果把梁建十几年来的经历打个比方，那正像一只小船，虽然在行进中颠簸得很厉害，虽然有时候在漩涡中打转转，仿佛要沉没，但是它靠着舵手的驾驶和别的许多船只的帮扶，终于随着激流前去了，有时候还能破浪猛进。

四年前，在冰雪将要融化的日子里，老阎和梁建初次来到这深山荒沟。那时光，这里除高山顶上勘测队插的几面小红旗之外，就是黑压压的森林、冰雪覆盖的大江和各种各样的野兽。

老阎和梁建站在山坡上，四处瞭望。

梁建把军大衣脱下来，昂首远眺，爽朗地说："老阎，新的时代开始了。今后，人们都应该很快地在经济建设战线上找到自己的位置。我敢说，早一天到这个岗位上的人比迟一天到的，一定有出息。一个时代有一个时代的英雄啊！"

老阎裹紧大衣，一边顺山坡往下走，一边说："你说什么？啊，先不忙当英雄，事情没有那么简单。"

头一年，老阎、梁建和他们带来的人，在这荒无人烟的山沟里砍树木，盖工棚，修运输便道，采集沙石，等等，一句话，做施工准备工作。除了十多个新派的技术人员，三千多穿着军衣的人，总是保持着部队作风，一声号令可以喝到底。这时候，苦是苦，但是工作比较顺利。梁建除了做工作，还读外文，钻研业务。到了第二年，几十个重点工程同时开工了。第九工程队的人员，从三千名增加到一万五千名。在工作大开展的同时，也带来了混乱。开始一个时期，第九工程队的职工们，还贴紧标齐，向前走去，可是就像在宽阔而波涛汹涌的大江里游泳一样，慢慢地就有人落后了。站在领导岗位上的梁建呢，各种新问题一齐挤到了他跟前，他由烦躁变得委屈，由委屈变得沉默寡言。这时候，他又觉得自己转业来搞建设工作，是失算。为了解决梁建的思想问题，第九工程队党委没有少开会。

度过了这个时期之后，人们虽然还是忙得团团转，虽然还是没日没夜地苦熬苦干，虽然还是有无穷无尽的会议和脸红脖子粗的争吵，但是工地面貌和往日大不相同。各级领导干部摸索出一套工作规律了，工人们会熟练地运用手里的工具了，一切都有条理了。每一个职工都仿佛变得年轻了，格外愉快了。梁建也变得精力充沛。有一回，老阎对梁建说："现在我算弄清了：当你感觉到困难快把你压碎的时候，也就是新办法产生的时候；在这节骨眼上，最重要的就是能挺住。"梁建拍着老阎的肩膀，大笑着说："说得好，说得非常好！"事实上，这时，不管是老阎、梁建、转业的战士还是工人们，都把一两年前那让人呕心沥血的混乱情况，当作遥远的、轻松而可笑的事情来回忆，来谈论。

是的，勇往直前，斗争带来的欢乐便等待着人。梁建凭着上级的领导，凭着铁路职工们的实践经验，凭着心里升腾起来的热劲，凭着经验和能力，很快就学会了驾驭这新的战斗，很快就掌握了组织管理生产的方法。

今年春天，老阎到兄弟单位学习先进经验，刚刚回来，把挎包扔到家里，连脸也没洗，三步并作两步跑到工程队队部的办公室。一进门，看见梁建把袖子挽起来，趴在桌边唰唰唰地写什么；旁边坐着两位青年，正在帮助梁建抄写。

梁建一抬头，看见了老阎，把笔往桌上一丢，跑过去抱住老阎的肩膀，说："嘀，你可回来喽，真把人想坏了！哦，你刚回来又得走。"

老阎问："哪里去？"

梁建说："后天工程局举行党代表大会。明天动身，赶到局里报到。"

老阎说："咦！忙忙迫迫写什么？"

梁建笑了笑，掫了掫头发，说："咱们要在这次党代表大会上，做'计划管理'的典型报告哩。喂，我说你呀，真是舍近求远哪！工程局在各处推广咱们的各项先进经验哩，你却满头大汗到处奔跑地去学习人家的经验。就拿隧道施工来说，恐怕全国找不出几个像咱们这样的例子：五号隧道每月完成百米成洞。"

老阎摇头说："嘿！这真是关住门称王称霸啊！东南铁路工地上，已经有每月完成一百五十米成洞的纪录啦。"

梁建掫住嘴笑了笑，说："老阎哪，别瞎吹了。我翻了许多资料，所以敢这样说：眼前要是谁能做到咱们这个地步，他姓什么我姓什么！"

老阎摸着黑楂楂的下巴，疑惑地盯着老梁，觉得心里沉甸甸的。

梁建一边整理他写的报告草稿，一边说："老阎！你走后，我是党、政一揽子挑，工作虽然没有搞出什么名堂，可是倒弄清了一个道理：无论谁，只要把担子放到他肩上，一样推得磨子转，没有什么干不了的。"

老阎突然直起腰说："小心，老梁！ 我看你……"

梁建说："老阎！ ——喂，小王，赶快抄写。 调度员，把今天的生产日报表拿来——喂，老阎！ 看你这副样子，刚才我是说笑话哩！"

老阎从队部办公室出来，看见党委委员们坐在院子角落里的席棚子下面开会，他觉得奇怪。 他不在家时，梁建代理党委书记，可是今天梁建不仅没主持党委会议，而且连会议也不参加。

老阎问工程队党委组织科长："老梁怎么没来？"

组织科长耸耸肩，没奈何地笑了笑。

老阎问："最近工作怎么样？"

组织科长说："生产方面还好，就是从上到下有一股子骄气。 刚才党委会上研究了一番，大伙认为，这样下去恐怕要出娄子！"

老阎没有表示什么，只是脑子里闪过这样一个念头："工作不顺利的时候固然困难，工作顺利的时候也包含着某种危险！"

过了两天，梁建已经站在挂着党旗的台子上，向工程局党代表大会的代表和列席旁听的五百多人，做"计划管理"的典型报告了。 他穿了一套崭新的黑呢子制服，刮了胡子，显得老练而潇洒。 他把这个数字连篇的报告，讲得那么流利、生动和有趣。 掌声不停地打断他讲话的声音。

老阎坐在台下，望着梁建自负的脸色，想起前天他刚回到工地时梁建的那一番谈话，不禁有些担心。

晚上，工程局的招待所里真是热闹。 每个房间都住满了开会的代表和列席会议的人。 他们有的在整理笔记，有的在议论梁建的报告，有的在打扑克或者下象棋。

梁建背着手，从楼房的过道里经过，有时候停住脚，支棱着耳朵听那从房子里传出来的谈话声；虽然人们有各种各样的议论，但是梁建听到的却只有这些："……那是一员干将，脑子来得快！""只要工作合他的意，干起来真有一手。"……

老阎顺楼梯上来，看到梁建在过道里踱着步子，偏着头思索什么，便喊："嘿！ 悄悄躲在这儿想心事！"

梁建说："今晚，不冷不热，咱们去散步吧。 要不，到小馆子里去喝二两。"

老阎说："不巧，刘书记今晚找我谈工作。"

工程局每次举行党代表大会，都要对全部工作进行严格的检查。 有人把这叫"过关"。 的确，以往在这样的会上，有的人过不了关，有的人费很大的周折才能过关。 这次会议进行到第五天，开始检查工作了。 人们批评、质问、反驳、辩论，非常热烈。 梁建听到不少他熟悉的干部被"点了名"，他心里直嘀咕。 突然，一个代表喊着梁建的名字说："工作中有了一点成绩之后，更要兢兢业业，但是梁建同志……"很多人接着说话了。有赞扬，也有批评。对梁建提意见最多而且讲得最尖锐的却是第九工程队来的代表们。梁建脸上一阵红一阵白，坐也坐不稳，好像他坐的板凳是烧红的铁板。

这天，休会之后，梁建说身体不舒服，要回施工现场去，老阎挡也挡不住；还是工程局党委派人阻止，梁建才从汽车上跳下来，闷闷不乐地返回招待所。

仿佛谁故意给梁建脸上抹黑似的，他一回到招待所，就连续接到三次长途电话，说是：第九工程队有一帮汽车司机和兄弟单位的工人打架了，问题很严重；五号工点发生一起质量事故，大约要损失三万元；炸药库爆炸了，炸死了一个人，原因不明……梁建躺在床上，连晚饭也没吃。

晚上，工程局党委书记、副书记、局长、副局长等六位负责同志，找梁建来谈心。老阎也在座。

党委书记是上了年纪的人，说话慢声慢气的。他说："代表们不是也给我提了意见吗？他们对每个人都要求严格，这是应当的。当然喽，老梁有不同的看法，也可以讲嘛。"

梁建不吭声，拿个指甲刀在聚精会神地剪指甲，直到领导同志再三问他，才慢悠悠地说："我的工作，我的思想状况，我们队的党委书记阎兴同志都清楚，请他谈一谈还客观一点。"

老阎说："老梁！会议上大家对我们提的意见，并非件件都完全符合事实，但是，这些意见都非常宝贵，值得重视，特别是我们工程队来的代表们讲的意见，更应该——"

梁建抬起头来，眼睛忽闪忽闪眨了一阵，突然，截住老阎的话，问："更应该怎么样？"

老阎说："更应该感激，更应该虚心考虑！别说我们在一个工程队干出了一点成绩，即使干下天大的功劳，也没有丝毫理由翘尾巴！今天工地发生的几件事情，就和我们翘尾巴的思想有关系。要不警惕，那就很危险！"

梁建猛地站起来，他万万没有想到，在这样的场合，老阎会说出这一番话。他本想说："翘尾巴？是喽，我明白了，我们队来的那帮代表对我提的那一大堆意见，原来是有来由的！"可是，他紧闭住嘴，连一个字也没吐。

副局长为了缓和这紧张的空气，便说："老梁！有话心平气和地说嘛。我觉着，老阎是一片好心，嗯，一片好心。"

梁建冒火了，手一挥，说："前两年工地混乱的时候，需要我卖劲，现在自然是我该离开的时候了！"过了一会儿，用指头敲着桌面子，又说："我在第九工程队如果对谁碍手碍脚，就把话说到明处。"

党委书记说："梁建同志，话可不能这样说。"

梁建说："坐到这有沙发的办公室里讲原则，讲大道理，并不费事。老实说，到施工现场的泥水中滚上三年两载，再指责别人也不迟。"他站起来，扶住桌沿，胳膊在抖动。"在工作中谁认真负责，谁就会招来一大堆怨言。撤我的职好啦！"说罢，气冲冲地走出去，上了车子，赶回工地去了。

没几天，工程局党委派了几个人和第九工程队党委的干部们一道，为梁建的问题开了四天会。先前，有相当长的一个时期，梁建虽然是副队长，但是代理队长的职务，开罢这次会，党委书记阎兴兼任队长，梁建还当副队长。从此，梁建有时候变得非常沉闷，有时候满肚子牢骚。他不但不愿意和老阎推心置腹地交谈心事，而且随着职工们闹腾提前接轨的事情出来之后，他和老阎的冲突尖锐化了。

梁建屡次打算离开建设工地……

四

韦珍觉得坐在这里挺别扭。她站起来，拢了拢头发，一言不发地和梁建握了手，准备转身走。突然，远处传来杂乱的喊叫声，她和梁建朝工地望去，只见：远处，桥梁工地和路基上的工人们，还在起劲地工作；近处，采片石和筛沙子的工人们，却愣头愣脑，放下手里的活儿，四处张望；而江边的小队长、领工员和一些年轻的技术人员，有的人跺脚，有的人扬手，有的人把喇叭筒堵在嘴上喊叫，像是发生了天塌地陷的祸事！转眼之间，山坡上的喇叭筒里送出了让人神经麻木的声音："天气预报：未来二十四小时有暴风雨！天气预报：未来……"

"哎呀——梁队长！坏啦！"韦珍失声地喊着，浑身打战，心跳得像擂鼓，一把抓住梁建的胳膊，好像人遇到可怕的事情时本能地找寻保护一样。她抬头看，天空晴朗朗的，没有一丝云彩。呀！这比起黑云滚滚的天气来，更叫人心里发凉。因为它会突然"翻脸"，带来灾难，使你没法子招架！

"别慌！"梁建双臂抱在胸前，不动声色地望着山与天相接之处，眼珠子转着，敏锐地思考什么。

韦珍望着梁建那直挺的身板、镇静的姿态和严肃的面容，明显地感觉到自己实在是个很稚嫩的青年人。不仅梁建往日的行为和刚才谈话时给她留下的坏印象，现在消失得精光，而且她心里还产生了一种歉然的感觉。

天气预报使韦珍吃惊，她只知道大雨来了"了不得"，而对工地全面情况相当熟悉的梁建，却知道随着大雨提前来到，将给日夜忙碌的职工和各个工作部门，带来怎样的祸患。那由无数专家、干部和工人，耗费心血制订的生产计划，将被击碎；那一个齿轮套着一个齿轮像精密科学仪器似的生产组织，将被打破；许多人千辛万苦从全国各地弄来的宝贵材料，将要遭受损失；那对不少人来说，有无上意义的接轨日期，要落空了！梁建凭着丰富的经验能想象出，随着新情况到来将要出现的斗争规模，正像一个干练的指挥员，能预见到由于战局突然变坏而出现怎样紧张而可怕的局面一样。

突然发生的艰险情况，激起了梁建的力量。他的一举一动，都是精干而利落的，显得生气勃勃，刚毅而英武。

他和韦珍分手以后，迈着稳实的步子，沿着工地朝工程队队部走去，一边走一边筹思在这紧急的情况下，首先应该抓的几件要紧事情。

正在工地里奔跑的职工们，看见梁建那坚定、沉着而昂然的样子，便停住脚步，擦擦头上的汗，手足无措，为自己的慌张样子而不好意思。

梁建走到队部前面的大便桥跟前，拦住几个工程小队的指导员、领工员和基层工会主席，严厉地说："要保持镇静，我们又不是没有经过这种阵势。只要干部们能沉住气，工地就不会混乱。要知道，工地一发生混乱，像被打乱建制的部队样，便丧失了战斗力。"随后，他简短扼要地给一个个干部吩咐事情。

"老李头！你们那个工点，有几个地方可能塌方。你把工人撤离有危险的地方；另外，派几个监视哨，阻止来往行人通过有塌方危险的地区。好啦，好啦，不用说别的，对你们那个工点说，我讲的就是最重要的事情。去！"

"小王！你让你们小队的工人，把七号桥附近的器材和机具，搬到桥两头的高地上。我估计，只要把人力组织好，有五六个小时，这件事就可以办妥。去！"

…………

梁建把干部们打发走了以后，迈开大步通过大便桥，回到了工程队队部。一到办公室门口，一股闷热的空气带着汗水味和烟草味，迎面扑来。 他伸头看，只见里头挤满了人，有的脸上直流汗水，有的脊背和胸前的衣服全湿透了，大伙都是焦灼而震惊的。

干部们看见梁建回来，就闪开一条路让他进去。 小刘和许多人望着梁建，正像在紧急情况下望着那决定行动方向的指挥员一样；连工程队队长老阎，也因为梁建在这节骨眼上回到队部而觉得自己力量增加，精神振奋。 老阎知道梁建最近这些日子的心情，但是也晓得，在紧要时刻，只要梁建心里那股劲儿冒起来，他便具有果断精神和豪勇气概。

这工棚像个蒸笼，又闷热又窒息。

梁建从容地解开衣服，捞起个草帽当扇子扇。 他的眼光扫过每一个人的脸。 他熟悉同志们的眼光，更熟悉老阎的眼光，也晓得这许多眼睛对自己流露出的热烈期待。 一股热乎乎的劲头，在他身上扩张。 他捉了捉头发，思索了一阵，接着，一只脚踏在凳子上，双手撑住桌沿。 他想和同志们拧成一股劲来挑起这千斤重担，还想起一些有用的主意。 但是，当他准备张口拿出自己的主意时，发现干部们都挤到老阎身边，望着老阎的脸，等老阎拿主意，把他梁建孤零零地丢在一边。 其实，梁建刚才进来的时候，老阎正在讲话，现在干部们望着老阎是等待他继续说下去。 梁建听到老阎对干部们说："……目下，叫人担心的是：第一，情况一紧急，在我们料不到的地方出娄子；第二，五号桥墩返工已经误了事，雨这一来更恼火。 大伙儿开动脑筋……"梁建想："哼，又当着这么多的干部吼什么桥墩返工！"他觉得，老阎处处都要孤立自己，使自己在这帮干部心目中变成可有可无的人。 他心头闪过一种锐利的痛苦：啊，对啦！ 最近几天，他从帐篷旁边走过的时候，听见有的干部用不满的口气议论他，有的人还说一些难听的话。 昨天工程队党委扩大会议上，就是这帮小伙子又非常激烈地批评了他。 这帮小伙子是怎样的人呢？ 十年前，梁建当营教导员的时候，他们不过是普通战士；六七年前，梁建做团政治处主任的时候，他们不过是班长、排长或者是指导员、连长。

梁建心里升涨起来的热情，一下子便降下去了；那机敏而坚决的嘴唇抽动了几下，又闭紧了。 "我这股子不知死活的劲头又来了！ 多少祸事不是由于管不住自己的嘴巴而发生的？"他用了很大的气力压住那多少年来用艰苦斗争换来的责任感，窒息住用战友的血汗和难以计算的代价培植起来的勇往直前的力量。 他极力使自己往满不在乎的心情中沉没！

阎兴望着梁建的脸，察觉到那颗心由激动渐渐地变成无所谓的漠然了，好像有一种突如其来而又可怕的力量把梁建抛在旁观者的地位上。 一阵寒冷的感觉从老阎头顶直灌到脚跟，一阵战栗传遍周身！

老阎把帽子扯下来，使劲地擦擦脖子上的汗水；接着，双手塞在裤兜里，肩膀斜靠在窗边，两眼死死地盯着地面。他害怕下大雨，可是当大雨真正要来的时候，并不震惊。 一来，因为事先有准备，就算下一场雨，也不见得就能把一切搅乱；二来，他深切地晓得，当不可避免的困难，硬要落到你头上的时候，那么，最重要的便是同心协力去迎接它，毫不畏惧地去战胜它。试想，当你在险恶的环境当中，发现你前后左右都是具有英雄气概的战友，不就觉得自己可以旋转天地吗？可是，目下老阎却失去了一只有力的膀子。嘘！眼前最可怕的事情哪里是暴风雨啊！

老阎费了好大的劲，才把自己的注意力集中在眼前的工作上。他望着干部们那汗水直淌的脸膛，简明地布置了当前的工作。

他转过身，正要对梁建说话，一股烫热的风，把窗子上的纸片吹得呼呼叫。每个人都移动了一下位置，连梁建也不由自主地猛然转过脸来，望着窗子。各种不同的人，脑子里都闪过一个共同的念头："风是雨的头！糟透啦！"果然不错，霎时间，森林里传来让人心惊胆战的吼声。随着这吼声，尘土漫天，树叶乱飞。突然，天，一下子便黑乌乌地压下来了。整个天空，都是炸雷的响声，震得人耳朵发麻；锯齿形的电光，不时地冲撞天空，击打山峰！转眼之间，三滴一大碗的雨点，敲打着嘉陵江，敲打着高山峻岭，敲打着一个又一个的工点，敲打着千余里工地上的无数材料，敲打着铁路工地十几万职工的心，敲打着老阎和无数工地负责干部身上的每一个细胞！

远近的山和所有的工点，都让白茫茫的雾气吞没了！工棚像只破船在风浪中颠簸。工棚门外的大树，有的让风雨压倒，有的被拦腰折断，有的被连根拔起！ 天空的电线，发出千奇百怪的啸声！ 有的人当当当地敲着锣，吼喊什么……

阎兴手一抡，这些天不怕地不怕的干部，冲出办公室，不顾一切地向狂风暴雨中奔去了，向各个工点奔去了，向斗争紧张的地段奔去了。

"成天喊'往前赶，往前赶'，难道怕别人把什么宝贝抢走？ 现在看来，提前接轨的计划，肯定要落空。 瞧老阎急得那个样子，嗨，着急的日子还在后头呢！ 早就劝他向上级建议修改工作计划，可是谁的话他也不听。 哼，让不讲情面的事实来结结实实地教育人吧！"梁建一边想，一边不慌不忙地把雨衣往身上一披，提上安全帽往外走。

老阎说："让我去。 你留在队部掌握全盘工作。"

梁建说："我到现场去。"他走到办公室门口，望望外头的狂风，望望那像无数子弹似的斜射到墙壁上的雨点，转念一想，说："也不一定，哪里都可以。"扔掉雨衣，蹲下去，坐在床板上。

老阎摸了件雨衣，蹬上长筒胶鞋，冲出了门，转眼就不见了，仿佛被暴风雨卷走了，吞没了！

五

梁建环顾办公室，思量着。 这办公室里虽然又脏又潮，可是这一阵，有这么一个席棚子给你遮挡风雨，实在让人感到安逸。 随即他又后悔，为什么不到施工现场去呢？ 在现场，虽然暴风雨吹打人，可是那种忙碌的景象反而会使人心里平静。 留在队部，便要处理许多你不愿意沾手的事情。他用拳头打着手掌，仰起头看，覆盖在工棚上的油毛毡，让稠密的雨点打得嘣嘣响。 这急骤而单调的声音，实在叫人心烦意乱！

办公室内间——调度室的电话铃叫唤起来了，就像有个疯子在摇电话。

梁建焦灼地想："瞧！ 躲不开的事情来了！"

猛然，调度员从调度室冲出来，把帽子往脑后一推，扑到梁建跟前，嘴巴哆嗦地说："啊呀，了不得！ 江滩上堆的木料眼看要让洪水冲走了！"

梁建凭着经验清楚地知道，这只是困难的开始，马上就有十件、一百件火烧眉毛的急事压在人头上。 这些事都是要你简要而负责地立刻处理；是英明的主意，这主意通过电话就电闪雷鸣一样传遍工地；是错误的指示，也会有人因此送掉性命。 "怎么办？"梁建思量着，来回走着，"唉！ 要不赶着接轨，何必运来这么一大堆材料？ 这简直是……去吧，目下想这些鬼事情有啥用？ 干吧！ 怎么来就怎么对付。 有什么了不起！"

响亮的电话铃，进进出出的人和跑来跑去的调度员，把几十件立时要处理的急事，带到梁建跟前。 火热的战斗不容分说地把他卷进去了，工作热情像一阵旋风似的把他裹起来了。 他又不自觉地恢复了往日在紧急情况下指挥人们战斗的那种劲头和魄力。 这一切，不只给他带来充沛的精力，还给他带来镇静和愉快的心情。

他敏捷而又稳实地坐在桌子跟前，在本本上记了一点什么，又斟酌了一下刚才处理过的几个问题。 随后，迅速而流利地写了一个条子，交给调度员，要他立刻办理几件事情。 又给一个又一个冲进办公室的人，简要而中肯地指点一番，于是那些人便带着信心和办法去工作了。 他还不停地接电话，指示着，吩咐着，命令着，并严厉训斥那些办事拖泥带水的人。

突然，材料主任披着水淋淋的雨衣跑进来，央告："梁队长！ 你在电话里训我也好，骂我也好，反正现在工地里最伤脑筋的人就是我。 你拨给我四百号人，我十辈子也忘不了你。 唔，怎么样？"

梁建心中有数。 他说："目前，除了派人搬运二号仓库的东西，别的地方用不着给你派人。 而二号仓库附近因为受地形限制，根本摆不下四百人工作。 给你拨二百人。 不要哭穷，要二百零一也不行。 你先走，调拨的人随后就到。"

材料主任走后，他抄写了几个数字，头也不抬地对调度员说："要五小队讲话。"

一转眼工夫，调度员说："要来了。 讲话。"

梁建接住电话耳机，说："五小队！ 啊，小秦，把你们的工人抽出二百名，去二号仓库附近抢运材料。"

回答："我们一部分工人在隧道里工作。 这个隧道是关键工程，能不能如期接轨，就看它了。 阎队长说，不论发生什么情况，也不准停止这里的工作，也不准——"

梁建气愤愤地说："什么'如期接轨'？ 什么阎队长说？ 你扯这一套干什么？ 我是叫你把隧道外边做土石方工程的五个工班抽出来。 不准讨价还价！"

回答："隧道外头工作的那一部分工人，照着阎队长的指示，正在帮助卫生所搬家，卫生所有十七个伤病员，其中有十个走不动；他们的房子可能受洪水威胁。 如果硬要抽人去运材料，这里出了乱子，咋办？"

梁建上火了，大声喊："咋办？ 咋办？ 我负责！ 我负责！"话一冲出口，他又有点发毛。 他晓得，如果洪水来了，第一个受威胁的是江边的二号仓库，而不是半山坡上的卫生所。 可是，谁知道有多少根本想不到的情况会发生呢？也许山上突然冲下一股水，把卫生所和所有的伤病员都推掉，造成一个大事故，这样的事故连国务院都会惊动的。 他不由得想起了前几天工程队党委会上，大伙提到的什么"事故""刑事责任"，何况小秦口口声声说什么"阎队长"……

小秦说："梁队长！ 喂，喂，梁队长！ 不要生气。 你认为这样好，就这样办。 你口授命令吧。"

梁建问："什么？ 小秦，小秦！ 你说什么？"

回答："讲吧！ 我把你的命令登记在电话记录簿上，将来发生问题也好查对！"

梁建心里一凉，软绵绵地放下耳机，嘟嘟囔囔地说："也好查对？ 查对！"他突然觉得头发晕，浑身发软，像是工棚垮下来压在他头上了。 这种很少体验过的懦弱心情激怒了他。 想唤起经验，想唤起信心，想唤起魄力，想唤起才能，一切努力都是白费，好像他完全枯竭了！ 他走过来走过去，用拳头狠狠地捶着脑袋。 脑袋里有千军万马在猛烈地混战。混战的结果便表明在他咬紧牙关下定的决心上。

调度员问："你……你调人调了半天，到底咋办？"

梁建避开调度员的眼光，头一摆，从牙缝里蹦出来四个字："往上转达！"

调度员说："水泥库也快让水淹没了！"

梁建依然避开调度员的眼光，头一摆，说："往上转达！"

调度员忽闪忽闪眨着眼，愣头愣脑地望着梁建。

"你这个家伙，傻呵呵地盯住我干什么？"梁建伸出一个指头，指着头顶，高声喊，"往上转达——向上级——向工程局报告！"话没落音，调度室两个电话机的铃声同时响起来。

梁建站起来又坐下去，急躁不安又拿不定主意。 但是你站在发号施令的岗位上，就不容你不作声。 他犹豫了好一阵，走进调度室，抓起耳机一听，原来是上级的通知：

"上游有几个帐篷被洪水冲走……你们要注意安全……"

梁建回答："好！ 我往下转达！ 往下转达！"

他拿起另外一个耳机，仿佛听见几十个人一齐朝他讲话：

"雨很大，是不是停止工作？"

"有四户职工家属的房子被水冲垮了……"

"运输便道给冲断了……"

"江水不断上涨，上涨，上涨……"

…………

最后，梁建听见女技术员韦珍那急迫的声音："哦，梁队长！据工人报告，队部前面的大便桥可能出娄子，要赶快加固！赶快加固……梁队长！我求求你，加固大便桥的事情，可千万不要忘记呀！"

梁建听见韦珍的声音，变得非常恼怒，喊道："希望你沉住气！"啪的一声，丢下耳机。"这个不知道天高地厚的姑娘，也来赶热闹。讨厌！"

各种紧急的报告，撞击着梁建的心。他，通身是汗，紧张得脖子上青筋暴起来。他的肠胃和五脏也都变成遇到大火的干柴，呼呼地烧起来了。往日，在紧急情况下，他的精力不断地增加，头脑也越来越清醒，办法一个接着一个。如今，只觉得力量越来越小，心慌意乱，最后竟变得昏昏迷迷了。要是五分钟没有人摇电话，他就能趴在桌子上睡一觉。"病啦？"他摸摸胸脯又摸头。

"当嘟嘟……"电话铃响得更凶了，好像电话机要暴跳起来。

　　梁建急速地来回走着，像热锅上的蚂蚁一样。 电话铃越响越起劲。 他冲到电话机跟前，把手齐胸举起，走到这边看看耳机，又走到那边看看耳机，仿佛那耳机是个危险而可怕的玩意儿，或者是个烧红的铁棒。 他鼓了好大的劲，发动了全身的力量，才把耳机抓起，犹豫了一下，又把耳机放下，接着又把耳机拿起，对下边来的一切请示和报告，统统如此答复："这样——这样——"他伸长脖子，艰难地咽了几口唾沫，说："按具体情况办理！"又觉得这些话说得太笨，不妥当，将来为了这些蠢话，说不定要吃亏。 于是连忙又补充了一句："阎队长在现场，有事情可以直接向他请示。 听清了没有？ 向他请示。 我记得他向你们布置'提前工期'的时候，讲到防止意外因素的办法。 怎么，找不到他？ 他上了天啦？ 不在一号工点就在二号工点，不在二号工点就在三号工点……"

　　回答："我们工程队的管区拉了几十公里，风雨这么大，我们到哪里去找阎队长？ 你给我们拿主意吧，梁队长！"

　　梁建把嘴边的唾沫星子擦了擦，说："我蹲在队部，没有亲眼看到你们那里发生的情况，怎么能乱出主意乱指挥？ 喂，叫你去找阎队长，你就去找他，要再磨蹭，出了问题，你负责任。"

　　梁建把耳机一放下，就觉得手有点抖，全身也忽冷忽热。 领导，领导，谁有本事谁站到这领导工作的岗位上来试试看！ "无官一身轻"，这话真有道理。 哦！ 险些儿忘了这件大事：刚才技术员韦珍报告说，队部门前的大便桥要加固。 这横跨在嘉陵江上的大便桥是我们工程队的命根子，暴涨的江水要把它冲垮，上万的工人便会被洪水隔到江对面，简直等于置之死地。 当然，可能是韦珍没有经过多大的阵势，一看风吹草动就蒙头转向瞎叫唤。 几年来，每一个夏天都发洪水，这座大便桥就没出过毛病，偏偏现在就……也不一定，这年头各种怪事都有！ 小心为上。 他决心出去查看大便桥被洪水冲唰的情况，以便及时抢修。

梁建披上雨衣出了门，能震裂大山的炸雷就在头上响，雨水直往头上浇，冷气直往肚子里灌，狂吼的风也像要把他撕成碎片。 他倒退回来，把脸上的雨水擦了擦，背靠墙壁直喘气，好像逃脱了死亡的追逐。"我会变得这样虚弱？"他问自己。"唉！ 我一直没有注意，战争损伤了我的身体，工地生活又摧毁了我的健康！"突然，韦珍要求加固便桥的声音，又像雷声似的在他耳边响。"怎么办？"梁建正一筹莫展地搔头皮，一转眼，看见技术员常飞披着雨衣从江边上来，拼命地往队部跑，像是老虎在追赶他似的。

梁建顶上雨衣跑出去了，啪嚓，跌了一跤，连手上的泥也顾不得擦，就一把抓住常飞的胳膊，说："听说大便桥出了娄子，你领上五六十个桥梁工人，负责把它加固好。"

常飞一跳三尺远，说："我……我……我是管测量的。"

梁建说："雨这么大，你测量个鬼！"

常飞苦苦央告："梁队长啊，梁队长！ 我跑来跑去，身上连四两劲也没有了！ 你瞧瞧，风雨又这么大……"

梁建蛮凶地吼喊："这座桥关系着上万工人的命，出了乱子，唯你是问！"说罢，他一溜风似的钻到队部办公室里去了。

梁建趴在窗口上，急促地呼吸着。 嘉陵江的水眼看着一尺一尺往上涨。 混浊的江水中漂流着枕木、木檩、排架、牲口、树枝……江岸上有许多人一边呐喊，一边捞材料。 江那边工地上的人，顶着雨，踩着泥，还在不歇气地施工。

"老阎这家伙害得人好苦啊！ 在这当口，他钻到哪里去了？"梁建眼巴巴地希望老阎赶快回来，"老阎回来，一切要命的事就由他支撑了。 也应该是他支撑！"

若要问，这一阵老阎在哪一个工点上豁出一条命工作呢？ 他是不是因为过分疲劳而昏倒了呢？ 是不是连一句话也没来得及留下，就被洪水卷走了？ 是不是被山上滚下来的大石头砸碎了脑壳，了结了他忙碌的一生呢？ 这一层，梁建根本没有去想。 但是，十年前，老阎和梁建分手以后，带上部队出去活动的时候，梁建睡觉睡不宁，吃饭没味道。 有一回，作为营长的老阎去团司令部开会，更深夜静，还没回来。 教导员梁建急了，带上通信员去接他，路上跟政治土匪打了一仗，子弹在衣服上穿了三个窟窿，梁建险些送了命。他回来之后，老阎也回来了。 老阎一进门，梁建就骂："我真想揍你！ 你到哪里逛去了？ 真把人害苦了！"老阎说："别大惊小怪，我怕消化不良，出去运动了一下！ 看，这不是完整无缺地站在你跟前吗？"接着就是军人们的无忧无虑的欢笑声……

战斗的情谊——同志的情谊！ 如今，你到哪里去了？人世间怎么可以没有你？

六

电光闪耀。 炸雷轰响。 大雨倾倒着。 大风吼叫着……

大伙希望：瞬息万里的闪电，能把厚墩墩的云彩劈开，让永远对人间笑着的星星继续眨眼。

大伙希望：不断轰响的雷电，能把黑压压的云彩击碎，让蓝漾漾的天空露出脸来。

大伙希望：猛刮狂吼的大风，能把雾腾腾的天空扫荡干净，让阳光普照大地。

可是，风、雨、雷、电，拧成一股劲为害作恶，好像把太阳、蓝天和星星都窒息死了！

大雨倾倒着，倾倒着……直到第二天夜里，大雨才变成蒙蒙雨。

这时光，人们更忙碌更紧张了，仿佛是拼上命往前追赶，要把那已经从身边逃走的二十多个小时抓回来。 你到这个工点上，看到工人们在举行紧急会议；你到那个工点上，看到工人们扛着工具，站得整整齐齐，像待命出征的战士一样；你到另一个工点上，又听到年轻的指导员呼喊共产党员和共青团员，要他们不避艰险，带头鼓舞士气和恢复生产组织……一队队的人向东跑去，一帮帮的人朝西奔去……还有许多工人，烧起了一堆堆大火，匆匆忙忙地烘烤衣服和鞋子，像战士们冲锋之前做准备工作似的……

假若，这一阵有人能腾空而起，俯视这高山峻岭中的整个铁路工地，便能看到非常壮观的景象：嘉陵江两岸的点点火光拉了千余里长，还有无数手电的闪光，以及这火光和手电光映照的无数活动着的身影……

梁建接到在施工现场准时开会的通知。他从工程队队部出来，急急忙忙跑到大便桥上，打着手电，想看看桥墩被洪水冲啊的情况。洪水早就涨得快和桥面齐了，下面的情况好歹看不清。他觉着大便桥在微微摇晃，生怕它咔嚓一声垮下去，连忙跑到桥头，正好跟几个桥梁工人碰个面对面。

梁建抓住一个工人问："常飞呢？"

那工人说："这两天连他的影子也没见。"

"昨天，你们桥工队是不是派人加固过这座大便桥？"

"不知道。从昨天到今天下晚，我们全部人马都在没命地拉器材哩。"

桥梁工走后，梁建猛一跺脚，牙咬得嘣嘣响。他在心里叫嚷："常飞！你把我毁了！把整个工地都毁了！"夕毒的眼睛朝周围搜索，仿佛只要捞住常飞，就非把他一口吞下去不可！

"大便桥！大便桥！"梁建一边独自嘀咕着，一边朝前走去。他真后悔死了！当初，说什么也可以找到三两个好样的干部和有经验的桥梁工，去加固便桥，可是偏偏看中了常飞这玩意儿。真是鬼把心窍迷了！再说，既然派常飞去加固大便桥，就应该紧跟着去督促，去检查。现在迟啦！不过，也许常飞接到加固大便桥的命令以后，来这里查看过，发现大便桥没有什么问题，因而就没有动手；也许他没有去找桥梁工人而在别的工程小队里抓了几十个人，把大便桥加固了。也许……谁知道……碰碰运气吧，但愿没有风险！

梁建走进江边的一个帐篷，里头挤满了人。你说怪不怪，他一进去就看见韦珍的眼睛在急切地询问："大便桥可加固了？"梁建心里厌烦得没有法儿说。他觉得这帐篷里什么也没有，就只有韦珍那一双其大无比而又无法逃避的眼睛！

梁建挤进去，坐在帐篷角落里的一个空炸药箱上，拿根纸烟在烟盒上嘣嘣地磕了一百多下还在继续磕着。然后，他点着烟，大口大口地喷着烟雾，好像要这烟雾把他全身遮住似的。这工夫，常飞突然钻进帐篷。梁建的眼光一下子就捕捉住了常飞的眼光。常飞低垂眼皮，而且连忙转过身，溜出去了。梁建把一切都看清了。他心脏跳动的声音，自己都听得清清楚楚。满脑子都是大便桥，而且越思越想越觉得可怕。他想象中的景象，仿佛是真的一样：桥垮了，乱子捅大了……无数人拥到他跟前，无数指头要把他的衣服指破似的。回头一想，又觉得这些心虚胆怯的设想没有充分根据，是自己吓唬自己……

老阎推开人，走到梁建跟前问："大便桥加固了？"

梁建镇静地站起来，蛮认真地说："韦珍反映了有关大便桥的情况以后，我立刻就把加固大便桥的任务交给常飞了。"

"哦！"老阎用力地吸了一口气，左手扼着黑楂楂的下巴。

梁建补充说："我是尽力办了，丝毫没有延误时间。"

老阎一言不发，低下头紧张地思量。他听见站在他身边的韦珍，呼哧呼哧喘气。

老工程师耸了耸鼻梁上架着的老花镜，把膝盖当桌子，在本本上计算什么。他只听说"大便桥加固了"，可没有听清楚到底是谁去加固的，眼不离本本，说："老阎，你说把工人们从各工点撤下来，我看可以缓一缓。大便桥加固了，迟撤一两天关系不大。工期紧哪，一个小时都不能耽误。"

梁建说："早撤下来也好。"

韦珍脸色发白，好像遇到十分怕人的事情。她抢前一步问："为什么？"

梁建说："无论干啥都要从最坏的角度去着想。这是常识。"

老工程师说："既然大便桥加固了，还怕什么？"

老阎凝视着梁建的眼睛。梁建虽然样子从容，但是低下头，看自己手里的纸烟。老阎感觉到一种隐隐糊糊的恐怖。他想，大便桥加固了也罢，没有加固也罢，反正水涨得快和桥面齐了，要把情况弄清很不容易。 但是又必须很快地把情况弄清，以便采取紧急措施。 他把桥梁工程师傅以明和韦珍叫到帐篷外边。

年轻的工程师傅以明站在韦珍身后。 他戴着度数很大的近视眼镜，清瘦而斯文；在抗美援朝当中入了党。

韦珍说："队长！ 队长！ 我看大便桥根本就没有加固。 这……这……这不是要把人活活急死？"

老阎说："要沉着。 充分掌握情况以后再做判断。 现在，你和小傅去调查这件事情，两三个小时之内就要办妥。 行吗？ 好。 去吧！"

韦珍他们走后，老阎望了望天空，又听了听江水的响声，转过身，钻进了帐篷。

开会的时间早到了，有几个干部还没有来。 老阎看看他周围的人，只见：有的人衣服透湿，像从河里捞出来似的；有的人满身是泥，像从泥塘里钻出来似的；有的人把火柴棒放在嘴里嚼着，不断地咽唾沫；有的人摆出一副听天由命的样子，仿佛是被撤职以后等待查办。

有几个坐在梁建身边的人，叽里咕噜地议论了一阵，就一个接着一个说话了：

"这个鬼天气，真是要命！"

"铁道部、工程局都是吃冤枉的，他们会做决定，叫他们来干吧！"

"怨天怨地，这都是扯淡！"

"当初做计划的时候，把各种可能产生的困难，都再三再四地估量过，可是现在偏偏遇到了种种出奇的情况！"

"我就拥护梁队长的意见：心急吃不成热饭，要慢慢来。"

"胡扯！ 什么时候都要有个奔头。 莫非你没有看到'七一'接轨的号召，把大家的劲头都拧到一块儿了？"

…………

接着就是一阵乱糟糟的说话声、咒骂声、叹气声、埋怨声、焦急的呼吸声……

这一切，老阎没有看见，也没有听到，自从看了梁建的眼睛之后，一种难以说明的感情牢固地控制了他。

他坐在一个空炸药箱上，压得箱子吱吱叫。 展开一卷又脏又破的图纸，一边看，一边筹思着成百件十万火急的事情，尤其是想到大便桥。

这工夫，拥进来一帮人，都抢着对老阎说话。 一个指导员说，上级前几天颁发的奖金，他们小队很多人认为不合理，要求解决。 老阎猛然抬起头来，脸色严峻得怕人，冰冷而锋利的眼光逼得那位指导员往后退了半步，嘴张得老大。

老阎说："奖金问题迟十天研究还会死人？ 目下情况这么紧，你脑子里装了一堆什么？ 唵？"回头又对身边的监察工程师说："你说九小队施工中有毛病，命令他们停工。 我撤销了你的命令。 不服，可以上告。 你告到哪里，我陪到哪里。"

接着，一个设计工程师插进来要说话。老阎的头用力一摆，说："请你把个人的面子和小算盘放到一边！难道你还嫌大家在无用的会议和争执中耗费的时间太少？十号工点修改设计的方案，双方同意，签了字，谁也不能推翻。"

那位设计工程师双手捂住胸口，要申述意见，要表明心迹。老阎知道，这人一开口说话，你就非把今晚夜餐和明天的早饭准备好不可。

老阎手一挥，说："目下，我没有空儿和你争辩。只能告诉你：在这工地里，要说和自然界做斗争很复杂，还不如说人为的关系更复杂。我想过一百次、一千次，如若没有各种各样可恶的坏思想做障碍，我们的建设速度会大大地加快！"

帐篷里雾腾腾的，地上是稀糊糊的泥水，头上到处滴水点。湿漉漉的空气里，混合着烟草味、汗臭味、泥土味、柴油味和铁锈味。帐篷外，有人呐喊，有人争吵，有人唱歌，还有一台抽水机和两台空气压缩机轰隆轰隆不停地吼叫着。别人在这场合，一定会头昏脑涨，更别说处理和思量事情了，老阎呢，照常办他要办的事情。

老工程师张如松给几个工程师交代了一些事情之后，看看老阎那忙碌的样子，又看梁建那沉思苦想的神情。他发现，梁建决不看老阎的眼睛，而老阎那偶尔落到梁建脸上的眼光，总是闪着灼热的感情和难言的心思！唉！生死之交的战友，还有什么过不去的事情和说不通的话？这当口，最可怕的是将相不和！ 老工程师想设法调停这两个人的关系，一时又想不出头绪。 他时而搓手，时而捋眉毛，心里烦乱。

他走到帐篷门口，朝外望去，心里一动。 看！ 常飞站在江边的电灯杆子下，脑袋吊在胸前，孤单单地发呆。 老工程师觉得，常飞那颗年轻的心和他隔得挺远挺远。 他怜惜起这个刚在生活道路上迈第一步的小外孙，也想起了这万重山之外的女儿：在这炎热的季节，她可曾生过病？ 在这风风雨雨的夜晚，她是不是正在灯下给幼小的学生批改作业本子呢？ 也许，她倚窗远望，怀念着骨肉相连的常飞！ 也许望着堆满自然科学书籍的书架，把她年迈的父亲穿了几十年的破毛衣补了又补！ 唉！ 她做梦也梦不到她的父亲和她的儿子之间的可悲的距离！

老工程师微微闭住眼睛，觉得心酸！ 不错，常飞的言行让人想起来伤心，不过，那可能是青年人一时的糊涂跟任性。 谁在年轻时代，没有干过几件以后叫人想起来痛苦和脸红的事情呢？ 他直想把常飞叫到一个僻静的地方，双手捧住他的脸，长久地看那乌黑而明亮的眼睛。 然后，把那年轻的脸，压在自己的胸脯上，用这年老的心暖那年轻的心！

干部们激昂的争论声，打断了老工程师的沉思。 有人说："反正咱们这里成了一个烂摊子！"

老工程师转过身，注意力又集中到眼前的工作上了，焦灼的心情支配了他："哼！ 常飞在这燃眉之急的时刻，站在战斗行列以外，是可耻的，绝对不能容忍的！"他痛恨常飞，而且迁怒于人，厉声质问那个发言的人："这样的'烂摊子'你见过多少？ 说啊，见过多少？"

十几个年轻的小队长和锐气十足的指导员、领工员，有的望着老工程师，有的脚在地上咚咚咚地敲着。 他们看来都像是一个模样，脸都是那么红润圆实，生气虎虎。

刘子青用右掌砸着左手掌，凶狠狠地说："他妈的，这鬼天气比反革命分子还坏！"

老阎把又脏又湿的衬衣敞开，双手撑在腰里，说："精神上要做准备，头痛的事还在后头。 刚才气象台来了长途电话，明天天气也不妙！"

梁建望着帐篷的顶部，说："人人都有差错，难道在气象台工作的人都是神仙？ 或许他们计算错了，明天给我们来个好天气！"

阎兴没奈何地摇摇头，说："怪啦！ 我们能靠碰运气过日子？"

梁建说："同志！ 干什么都有点碰运气啊！"

老工程师说："靠碰运气过日子，还要科学干吗？"

他背着手，气呼呼地出去了。

梁建耸耸肩，冷笑了一声，用那把世界上一切事情都看穿的眼睛望着桌子，说："嗬！ 这人真倔，他迟早要跌大跟斗。 我要说错了，算我白活了几十年！"

老阎把肘子支在炸药箱子上，用拳头顶着下巴，火气很盛。 在这又艰苦又紧张的时刻，梁建当着这帮年轻的干部，说这些丧气的话，简直是给大伙泄气！他愤愤地说："他倔——这就是说他正直。正直，这是革命者的好品质。一个人，或许因为正直的品格一辈子吃苦头，可是有些人却一辈子也休想得到它；最痛心的是那种庆幸自己失掉它的人！"

"老阎！肝火太盛对身体不好！"梁建说罢，望了望干部们，故作轻松地笑了笑，把衬衣扣子解开，搓着胸脯上的汗泥。

干部们有的互相耳语，有的互相碰着肩膀交换某种意见，而大多数人，都是又严肃又激昂地望着老阎，表明他们随时都可以赴汤蹈火。只有小刘的眼光，直射到梁建脸上。这强烈的眼光是烫烧的。

夜深了。嘉陵江的水声，开山的炮声，摇着帐篷。爆炸的火光一闪一闪，好像谁握着一支巨大无比的画笔，在漆黑的夜空迅速地涂抹红颜色。火药味从帐篷的布缝里钻进来，刺激人的鼻子。

散了会，老阎从江边的帐篷里出来，走到大便桥跟前。路灯照着湿漉漉的大便桥。江水唰唰地拍打江岸的岩石。有十几个桥梁工人在运木料，有五六个潜水员在做下水的准备工作。

傅以明、韦珍、常飞和桥工队领工员祁长六，围成一个圈圈蹲在桥头的路灯杆子下面，你一言我一语地说着什么。

1948年,杜鹏程于渭北高原行军途中

1955年,杜鹏程(左一)于广西铁道兵工地

1956年,杜鹏程(右)在宝成铁路工地与总指挥熊宇忠

1957年,杜鹏程在家中写作

1960年,杜鹏程出席全国第三次文代会。左起为李準、王汶石、柳青、杜鹏程

1980年,杜鹏程(左三)随以巴金、冰心为团长的作家代表团出访日本

老阎走到他们跟前，大伙猛然站起来。老阎的心随着大家的动作，抖动了一下。

年轻的工程师傅以明搓了搓手，下巴在衣领上擦了擦，望了望大伙，然后低声慢气地对老阎说："队长！大便桥发生问题是事实，没有及时加固也是事实。"随后他把前前后后的情况，仔细地报告了一遍。

老阎背着手，叉开腿站在那里，像僵了似的。这一切，他在帐篷中和梁建谈话时已料到了，但是听了傅以明的报告，还是像耳边突然打了一个焦雷似的震惊，牙咬得咯咯响，恼恨梁建的感情在胸中沸滚。什么东西支使梁建干出这样可怕而又可耻的事情呢？答案，老阎很明白，可是这个疑问还是固执地盘踞在他的脑子里。

常飞平时对老阎就有一种畏惧的感觉。这一阵，他生怕老阎的眼光揪住他，弯着腰躲在傅以明身后。老阎早看到常飞那畏畏缩缩的身影了。他不怪常飞，而且觉得一个没有经验的青年被牵连在这件事情当中，实在是够呛。

老阎看着眼前这些同志：八级桥梁工祁长六，蹲在一块石头上，一股劲抽烟，不声不吭，仿佛你拿铁撬棍也撬不开他的嘴似的；蹲了一阵，他瞅了常飞一眼，走到桥边去和工人们一道搬运材料。傅以明用铅笔一下又一下轻轻敲打自己的头。韦珍背靠路灯杆子，一直盯着常飞。这一阵，她觉得常飞比梁建可恨十倍，尤其是常飞的窝囊样子，使她那轻蔑和气恨的感情烧得更炽烈了。

老阎说："常飞！ 你就是不去加固大便桥，也应该及时向我报告情况。 乱子捅得不小啊！"

老阎说话的口气，没有想象的那样严重，这让常飞把提在喉咙里的心放到肚子里去了。 他走到老阎跟前，低垂着头，说："那……那……那位梁队长，他有意和我为难……"说着就呜呜地哭起来了。

老阎缓慢地摇了摇头，声音低沉地说："你啊……你这样年轻，可是这样令人难过！"

常飞后退了几步，呼哧呼哧长一口短一口地出气。

韦珍死死盯着常飞，深深地思索老阎的话，胸脯起伏，泪水在眼里滚动！

老阎双手撑住膝盖坐在一根大木头上，等到感情稍微平静之后，走过去，紧紧抓住傅以明和韦珍的胳膊，脚在桥面上轻轻地跺了跺，说："你俩负责加固大便桥！ 这担子可不轻，知道吗？"

韦珍激动地仰望着老阎，仿佛这个站在她面前的人，赋予了她强大的力量。 她说："队长！ 为了大便桥，我什么都能舍出来。"

老阎转过身子，和韦珍面对面站着。 他说："小韦！ 凭血气之勇去冒险也许容易，目下，却需要坚韧而千方百计地去工作。"

韦珍趁着路灯的光亮，清楚地看到老阎的脸色是严厉的，无比刚毅的。 她觉得，阎队长这样的人，是从我们这悠久的辽阔的土地深处生长起来的，人们必须具有他那样的经历和磨炼，必须具有他那样的气质，像他那样坚实，才能用自己的肩膀担当起革命大业。

这工夫，除梁建之外，所有的党委委员都赶来了，大家研究了几项当紧的工作之后，又决定采用往桥墩下边大量投掷片石的办法来加固大便桥。

七

下雨的第三天，天气变得更坏了，时而是阵雨，时而是蒙蒙雨，时而是屋檐吊线雨。到处都是泥水，房子里也是湿漉漉的，人简直要发霉似的。

这天，下午五点钟光景，梁建朝职工家属住宅区走去。他一边走一边想："老阎约我去吃饭，真稀罕！"

梁建踏着路上的黑泥，噗喳噗喳朝前走。走一步，喘一口气，走两步，出一身汗。一不小心，脚陷到泥坑里头去了，用很大的劲儿，才能拔出来。走一走，歇一歇。一歇住脚，两条腿就自动往下沉，一霎时黑泥就漫过膝盖，好像梁建只要十分钟停止不前，黑泥就会拥到脖子上，就会把他吞没。

梁建觉着，跟他并行的人或者迎面走来的人，对他都是另一副眼光，另一种态度。而且这些人仿佛身体特别轻，踏着泥水走路，很轻快。别人走路的样子，好像对梁建也是一种嘲笑和讽刺。

他觉得自己比起所有的人来，都矮了半截。 而且，一种孤零零的感觉，一直死死地纠缠他。

他走着，走着，觉着今天特别困倦，好像要生一场大病。 事实上，这多时，无穷的打算和烦恼，一直弄得他精疲力竭，正像胆小鬼在战争中，时时被恐惧追赶得疲惫不堪一样。

他走着，走着，本来是朝家属住宅区走，然而迷迷糊糊走到横跨嘉陵江的大便桥上了。 他心里不由得一惊："便桥，便桥，这座该死的大便桥！ 但愿它在往后几天照样是这么结实牢固！" 想起这座大便桥，也就不由得想起前两天——暴风雨刚来的那天，他在工程队办公室里被各种意外情况搞得丢盔弃甲、狼狈不堪的样子。 前天，昏头昏脑处理的那一连串事情，包括大便桥在内，都隐藏着一种又模糊又具体、又巨大又可怕的危险。 不一定在哪天，小汽车和摩托车嘟嘟嘟地开来一大堆，党委书记、工程局长、检察机关的人、党纪监察委员会的人，都拥来了……他们把他梁建前天处理过的种种事情集中到一块，加以分析……然后，具有无上权威的纪律，像一座山似的压到他这罪犯的头上……想起来真叫人浑身打战……"嗨！ 这一切事情，这威胁着我梁建的种种危险，跟老阎那邀功思想无关吗？"

梁建呼喊出声音了："老阎啊，老阎！ 你——"他用脚把大便桥跺得咚咚响。

几十个工人嘻嘻哈哈，唱叫着向大便桥走来。 梁建连忙抹抹脸上的雨水，从大便桥上折回来，顺山边小道朝家属住宅区走去。

职工家属住宅区，就在队部旁边的山坡上。那里，东一间小房，西一间小房，看起来乱糟糟的。有的房子是垒一些大石头当墙壁，当顶上盖着茅草；有的比较阔气，用胳膊粗的树枝扎成墙壁，糊上泥巴，上面盖着破席子。那些房子都是外头下雨，里头也下雨；外头雨停了好半天，里头还在滴滴答答。至于夏天酷热，冬天奇冷，那就不在话下了！

那一个个大致相同的房子里，都有不同的快乐和苦楚。

那一个个房子里，都有一个结实而能干的女人。她们为了维持那个家，时常背上行李，抱上孩子，跟上丈夫，从一个工地转到另一个工地。有的女人，几十年以来，就这样过活。

梁建对那些小房子，都很熟悉。往常，他一闲下来，就到那些房子里去串门。去的次数最多的是老阎家里。走熟了，常常吃罢晚饭，不知不觉就走到老阎家里去了。今天呢，向老阎家里走，两条腿像灌满了铅，觉得格外艰难，也许是雨水和路上的泥泞把人害的。

老阎住的这个茅草棚，一丈见方，四面的墙上裱糊着报纸。一个用石头支的大床占了房子的三分之二。床旁边支了一块石板，上面放着勺子、筷子、油瓶和五个粗瓷碗。老阎的老婆李玉英，把床上的铺盖卷起来，用油布遮住。为了挡雨水，在头顶还绷了一块油布。老阎那个六岁的大孩子，坐在床角，端着个脸盆接雨水。房子里窄狭、潮湿，可还整洁。

李玉英像一般南方妇女一样，用带子把最小的孩子捆在背上。她坐在床边包饺子，还自言自语地唠叨："不睁眼的天呀，下起雨来就没个完！"

梁建一进门，老阎那最小的孩子就摇着两个胖胖的小手，要他抱。

李玉英把孩子从背上解下来，交给梁建，说："咦！除了你，这小冤家见了谁都认生。老梁！眼下，连家属们也吵嚷工期呀，洪水呀，便桥呀，到底怎么啦？"

梁建说："去问老阎嘛！"

李玉英说："哼，问老阎还不如问石头！我说，老梁！这多时，你成天不照面，嫌弃我们了？要不，就是我把你得罪啦？你听着，我要把你得罪了，老阎那牛性子人能跟我善罢甘休？"

梁建说："有你这个能言利嘴的老婆，老阎很快就要升官喽！"

李玉英说："别戏耍人了！倒是你们俩好得穿一条裤子。前一向，老阎回到家里，躺下就说梦话：劳力呀，材料呀。这一向，一躺下就是'老梁呀……老梁……'，就连一回也没有听见他在梦里念叨我母子们！"

"这些话嘛，已经过时了！"梁建虽然这样想，李玉英最后的几句话，还是触动了他的心。他不愿让她看出自己翻腾的心思，就说了几句笑话，又逗孩子玩，一举一动都不自然。

李玉英说："老阎准是把魂丢了，刚才还在这儿等你，一眨眼又不见了。"她一手把住门框，伸出头去，左手搭在额头，瞭望了一阵，见小刘急急慌慌顺江边走去，便呐喊："哦——小刘！来呀！问句话。"

八

刘子青进了门，把雨衣一脱，看见梁建坐在床边。他愣了一下，说："梁队长！吃过晚饭啦？"

梁建一声不吭，仿佛根本没有看见他面前还站着个人，心情变得非常激愤，好像他近来稀里糊涂捅出的各种娄子，都怪世界上有个小刘似的。

老阎的大孩子和二孩子看见小刘进来，在床上乱跳弹，喊："叔叔！给我抓的斑鸠呢？斑鸠呢？"

小刘说："哎，斑鸠跟上它的妈妈看外婆去了！"

二孩子喊："哄我哩！哄我哩！"大孩子嗖地蹦过去，抱住小刘的脖子，猴在小刘身上。

李玉英用围裙擦着手，说："小冤家！再瞎闹腾，看我揭你们的皮！"

孩子们又都乖乖地坐在床上，调皮地朝着小刘瞪眼睛、努嘴巴。

小刘站到梁建跟前，说："梁队长！四川和陕西的气象台又来了电报，三五日没有好天气！ 嗨！ 今年真是要多糟有多糟！"

梁建把抱着的小孩子放在腿边，还是一声不吭，背靠铺盖卷，歪在床上，斜着眼珠瞅小刘，足足瞅了好几分钟。

小刘一边搓着手掌上的泥，一边说："梁队长！ 你瘦多了！"

梁建依然一动也不动地斜着眼珠盯住小刘，好像小刘是出卖了革命利益的叛徒似的；连孩子们都怯生生地望着梁建的架势，感到一种窒息人的闷气。

李玉英低下头包饺子，转眼一看，只见小刘立也不是，站也不是，就搭讪着说："小刘哟，你手坏了？ 帮大嫂劈劈柴，还少了你吃饺子？"

这真是瞌睡了给一个枕头。 小刘急忙把雨衣丢到一边，捞起斧子，往手心吐了点唾沫，准备劈柴。

梁建说："别劈了。"

小刘放下斧子，坐在床边，不住地拧衣襟，水滴点点。

梁建说："哼哼！ 你现在是翅膀长硬了！"

小刘不作声，望着李玉英包饺子。 他在心里告诉自己：一定要沉住气，不能冒火！

李玉英惊奇地望了他们一阵，转念一想，觉得自己待在这里多有不便，就笑着说："我给你们找点茶叶泡杯茶，有茶喝才能高喉咙大嗓地吵嚷。"说罢，又把大孩子和二孩子狠狠地盯了一眼，意思是：悄悄坐在床角，这可不是闹着玩的时候。 孩子们黑溜溜的小眼睛，嘟噜噜噜地打转，胆怯地看着梁建和小刘。

李玉英出去以后，梁建把孩子推到一边，说："我也许对不起别人，可没有对不起你刘子青的地方。"

小刘两条胳膊抱在胸前，坐在床边，脊背靠墙，望着炉子。 炉子上的一锅开水，咕嘟嘟嘟地翻滚着！

梁建说："说话呀，把舌头咽到肚里去了？"

小刘还是望着开水锅，说："三言两语说不清。 我看，过了这几天，咱们抽个空儿敞开谈谈吧！"

梁建说："哦！ 你是说，过几天你把机会瞅好再跟我进行斗争？"

小刘站起来，说："梁队长！ 我是说——"

梁建猛然往起一站，截住小刘的话，说："'梁队长'？狗屁！ 有本事的人只管往前走！ 我梁建不会成为谁的绊脚石！"

"这是什么话嘛！ 简直是无中生有！"小刘拧着眉头，想过去想过来，心像刀割。 停了好半天，他才望着自己的胸脯，说："梁队长！ 我给你提过几回意见，可丝毫没有不尊重你的意思。 我从前是你的警卫员，如今还是你的下级，有不是，你尽可以指出来。"一说这些话，他心里就很难过：这工程队谁不知道我跟梁队长的关系？ 谁不知道我俩又是上下级，又是生死与共的战友和兄弟？ 如今，亲人变成了仇人！ 他仰起脸望着房子的左上方，说："梁队长！ 你愿意怎么理解我都行。 我总记着，我只有桌子高的时候，是你和同志们把我收留到部队上的，你看着我长大的，你介绍我入党的，你——"他说不下去了，猛然用拳头支着额头！

梁建握成拳头的右手用力一挥，说："当初，要知道你会变成现在这副样子，我——"

小刘怎么也没有想到梁队长会说出这一番话，会这样对待他，抬起头，望着梁建的眼睛，谁也想不到这年轻的脸膛是这样的严肃而痛苦。 他低声问："梁队长！ 我应该变成什么样子才好？ 是变成阎队长那个样子，还是变成你——"

梁建用拳头把床铺一捣，吓得大孩子和二孩子缩在床角，吓得那最小的孩子吱吱哇哇地哭起来。 他喊："你小小年纪，就学会看风向了。 你以为你抱住了一条粗腿？ 你以为我……我……我梁建……"

小刘眼圈红了。 他慷慨激昂地说："你不能这样对待自己的同志，梁队长！ 我没有别的能耐，我可牢牢记着你在我入党的时候讲的话：'从今天起，你的一切，都属于党了。 共产党员是永远记着劳动人民疾苦的人。 他今天是冲锋陷阵的战士，明天是建设共产主义的尖兵，一直到呼吸停止。'那时候，你让我举手宣誓，我就举——"

梁建打断小刘的话，说："你说这话是什么意思？ 什么意思？"

小刘声音激昂地说："这就是说，你在我入党宣誓的时候，并没有告诉我走到半道就不走了！"

梁建抢前一步，手一挥，满肚子的火气正要大大地发作，可是小刘最后说的这句话，直把梁建顶得气都出不来。他往后退了两步，坐在床沿上，左肩斜靠住墙壁。他觉得气愤、委屈、难受，心里像油煎；要是这里没有人，他会抱住头痛哭一场。万千个念头从脑子里闪过，万千件事情显现在眼前。他想起了多少年来大风大浪的生活，想起当初小刘刚到部队的时候吊着鼻涕的模样，想起小刘入党时举行仪式的那座乡村大庙，想起了种种叫人悔恨和不如意的事情……他在心里说："唉！当年谁能料到还有今天这样一场争吵？"而且他心里清楚：这次争吵只能怪自己，小刘并没有什么过错。

这座小小的房子里，除那一锅开水还一股劲地翻滚以外，静得像千年没有去过人的古庙。老阎的几个孩子，也都不声不响地相互望着，仿佛不论他们怎样努力，也无法理解眼前这些事情的意义。

这工夫，老阎进来了。他弯下腰，把手上的泥甩了甩，看看梁建，又看看小刘，就猜到这房子里刚才起过一阵什么样的风波。

他皱起眉头，问："李玉英呢？"

没有人答话，连几个孩子也都憨虎虎地瞪着眼睛发愣。

小刘低下头，谁也不看。他站了好一阵，摸起雨衣，不声不吭地走出去了。

小刘把雨衣搭在肩上，迈着沉重的脚步，踏着泥泞的道路，走到大便桥旁边的大槐树下。 他两条胳膊搭在一根弯下来的粗树枝上，然后又把脸压在胳膊上，控制不住的眼泪顺脸淌下来！ 哭着，哭着，呜呜地哭出声音了！ 他脱下军衣走到建设工地，好几年过去了，这是头一回伤心落泪！

眼泪，各种各样的眼泪：有妈妈为儿女流的眼泪，有妻子为丈夫流的眼泪，有战士为永不复生的战友流的眼泪，而刘子青是为那第一个把他领到革命道路上的人流眼泪，为他曾经最感激最尊敬的人流眼泪！

风住了，雨还一股劲地下着。 嘉陵江里有几只小船顺着混浊的江水，往下游流去。 小船忽而被浪头举起来，忽而跌下去，忽而在漩涡中疾速地打转转，仿佛要沉没，忽而又像箭也似的破浪而去……

天麻麻黑，工地的电灯在风雨中放亮了。 桥梁工地的探照灯，把那巨大的光带直向深不可测的夜空射去。 小刘哭了一阵，心里稍微松宽了。 他还是一动也不动地在那里站着，还是把脸压到那搭在树枝上的胳膊上。 他思量着他和阎兴、梁建走过的道路，思量着斗争生活向他提出的一大堆复杂的问题，单纯的心境充满了难言的忧伤！

突然，有一只温暖的手，轻轻放在小刘肩膀上。

小刘猛一回头，只见一个人向后退了两步，用手电对着他的脸。 他的眼睛被强烈的光线刺激得睁不开，扭过头去，严厉而生气地说："别闹嘛！"

随着咯咯咯的笑声，小刘一看，原来是韦珍——她穿着长雨衣，戴着安全帽。 闻她身上的气味，就知道她是从九号隧道出来，到了这里。

韦珍说："你哭啦？ 哦，你哭啦！"

小刘把脸上的泪水抹了抹，擤了擤鼻子，说："你——你连雨水和眼泪都分不清。"

韦珍说："那总是有什么不愉快的事情吧！ 要不，雨这么大，你怎么心不在焉地把雨衣放到一边？ 再说，平素谁见过你这样满腹心事？"

小刘把雨衣穿上，愁闷地望着江水和工地，叹了一口气，过了好大一阵工夫才说："小韦！ 你说说，一个又能干又精明的同志，会变得——唉！ 算了吧！"

韦珍说："哦！ 没有错，你一定又是跟你的那位老上级发生冲突了。 告诉你，小刘，这多时，我算把那个人看透了：他很浅薄，不值得为他——"

小刘好像让谁扎了一锥子似的，猛然转过身，恼怒地打量着韦珍，说："你怎么可以这样看他？ 你怎么可以这样看他！ 你无论如何对他了解不深。 不说了，不说了，不说这件事了。 任凭谁这样议论他，我都不愿意，我都——"他转过身去，肩膀在抖动，脊背在起伏！

韦珍两手紧紧攥住手电筒，默默不语，过了好大一阵工夫，才说："我尊敬你这副心肠，可不同意你的看法。"话一出口又觉着说得太生硬；想安慰小刘，一时又找不到适当的话。

韦珍和小刘并排站在那里，胳膊都搭在横着的树枝上。雨，继续下着，不大也不小。 他俩的雨衣都让雨水洗得明光发亮。 他俩不言不语，只是通过千万条雨线，望着工地上无数红火球似的电灯，望着脚下江水滚滚翻腾，望着大便桥上来来往往的行人。

韦珍说："小刘！ 听说你打仗蛮勇敢，讲讲打仗的故事吧。"

小刘说："这一阵，我一想起打仗的年月就心烦。 心烦得要死！"

韦珍说："小刘！ 我了解你的心情——"

"对不起！ 打扰你们了。"常飞像从石头缝里钻出来似的，突然出现在韦珍身后。

韦珍厌烦地转过脸去。

常飞受到阎队长的批评以后，难受了两天，过后又忘得干干净净，于是他又集中全力纠缠韦珍了。

他一想起那天和韦珍争吵的情形，便很后悔。 冲动而生硬的办法，只能使他和她的关系更僵，只能把韦珍推到别的地方去。 昨天，他给韦珍一连写了七八封信，解释、道歉、描写自己度日如年的心情；见了她献殷勤。 刚才，他远远地跟着韦珍，看见她走到小刘跟前，就沉不住气了。 妒忌的感情，使他浑身发烧。 他轻手轻脚藏在大石头背后，偷听他们谈话。 啊！ 这不是约会，谈话也没涉及别的事情。 同时他综合了这几天观察到的种种情形一想，觉着自己有些疑神疑鬼。 无论从哪一方面说，小刘也不是自己的对手，而且他觉得："这一阵，我出现在他们面前，就是再一次给小刘暗示我和韦珍的关系。 小刘是党委委员、施工组长——领导干部嘛，不能不注意各方面的影响。"

小刘说："小常！ 你这几天忙活得很！"

常飞想："这家伙敲打我了！"他含含糊糊地说："谁不忙啊？ 工期紧嘛！"

小刘说："你看，还是忙一点好，我听工程师们说，你现在测量的质量提高了。"

常飞高兴地说："哦，这样。 当然，我是尽力而为。 而且我外祖父不断地指点我，小韦也多方面给我帮忙。"

韦珍说："我给你帮忙？ 建设铁路又不是给你家修房子哩，真是！"她认透了常飞，从心眼里讨厌他。 尤其是最近几天，大伙忙得上气不接下气，常飞却处处留意她的举动，时时端详她的气色，还像个小偷似的，老是鬼头鬼脑地跟在她后头转悠。

常飞说："小韦！ 我想跟你单独聊聊。"

韦珍说："你那一套废话说得够多啦！ 再见，小刘！"她独自个儿，打着手电，扑通扑通踏着泥水，通过大便桥，向火热的施工现场走去。

九

就在小刘和韦珍开首谈话的时候，老阎和梁建正在那个小小的茅草房里吃饺子。

一大碗饺子，放在铺着黄色油布的床上，外加一碟辣子和半碗醋。

老阎和梁建面对面盘腿坐在床上。 李玉英又下饺子又端汤；一会儿招呼孩子，一会儿又给老阎叮咛："多嚼嚼，不要囫囵吞咽，你的胃不好。"在她眼里，老阎像个不懂事的青年，时时都要她照应。

三个小孩子，有的乖乖地坐在床角，有的看小人书，有的在玩小木猴。 等到老阎一放筷子，几个孩子就拥上来，有的爬在老阎的背上，有的爬在腿上；最小的孩子在饺子碗里乱抓，老阎用胳膊拦着他。 这个简朴的家里，有一个整天忙碌而兴致勃勃的父亲，有一个勤劳而能干的母亲，有三个叫人喜爱的小宝宝，有艰苦奋斗带来的生活乐趣。

梁建不知其味地吃着饺子。 他过去羡慕这个简单的家庭，现在又觉得这个家庭既单调又乏味。 李玉英的话太多，孩子们只是粗壮而已！ 说到这座茅草房子，又矮又小，又热又闷，简直能把人憋死！

老阎看到梁建近来变得衰老了，鬓角的头发花白了，脸上的皱纹也增多了，两个眼圈也发黑了。 他觉得梁建的躯体里有一种东西在燃烧，在大量地消耗生命，只有得了什么重病的人才会这样。 老阎恼恨梁建，本想一开口就责问他，可是一看那清瘦的形样，也就心软了，而且胸中涌起了怜惜的感情："是的，他不好过，虽然这都是自找的！"

李玉英一边收拾碗筷，一边打趣地说："瞧！ 老梁变得多斯文，把饺子端详了三七二十一天，还送不到肚里去！ 嫌做得不好？ 罢，罢，不吃正合乎节约精神！"

梁建低着头，没吭声，只是似笑非笑地咧了咧嘴唇。

老阎对李玉英说："你一开口就像机关枪连发，我跟老梁全没有插嘴的机会。 我俩想研究工作，你看你能从哪方面帮助我们。"

李玉英背了一个孩子，抱了一个孩子，拉了一个孩子，捞起一把雨伞，一边往外走，一边撇嘴说："把你精明的，说话绕了几个弯儿！ 我还不晓得你们的悄悄事？ 把我支使出去，你俩头顶头，下一盘棋，临了，谁输了谁的脸就吊三尺长！ 操心啊，不要叫锅里水溢出来。"

她把孩子带走，房子里一下子便显得冷静静、空旷旷。 炉子上的一锅开水，嘟嘟嘟地翻滚着。 门外哗哗哗的雨声和风吹树叶的响声，一直不断。 听了叫人打瞌睡！

老阎看到：梁建不思不想地望着墙壁，脸色疲倦而冰冷。 一切都明摆着哩。 你的任何话说出来都没有用，就像碰到石头上一样。

老阎下了床，来回踱着步子，筹思了一阵，说："我派了一些潜水员和桥梁工人，要他们再三再四地设法加固大便桥。 看来这座大便桥——"

梁建手一抡，好像谁碰到了他的伤疤，说："又是大便桥！ 如今你连这一点小事，都不相信我？"

老阎一听这话就上火了，走到梁建跟前，说："在这件事情上，我不光不相信你，而且恨你！"说罢，背转身子，双手紧紧地扼住那树枝扎成的窗格子。

梁建斜歪着身子躺在铺盖卷上，两手托住脑袋，听了老阎的话，他坐起来，眼珠不住地转着。

两人默不作声。房子突然显得格外狭小，又格外闷热，仿佛四堵墙往一块儿挤似的。炉子上的一锅开水翻滚得更起劲，嘟嘟嘟地把锅盖顶得直跳弹。门外头，风，一阵冲上山顶，一阵窜到沟里，一阵钻进房背后的树林里，摇得枝叶哗哗响。雨，越下越起劲，房檐上挂着一条条雨线，打得地上的积水直冒泡，发出持续不断而又十分单调的声音。

老阎把紧绷在身上的工作服脱下来，擦擦头上的汗，然后揉成一团，扔到床角，大声说："在第九工程队，有谁比你更了解大便桥的重要性？可是你——"

梁建下了床，提起沉重的脚，走到窗子跟前，朝外望，自言自语地说："莫非大便桥断——"

老阎说："要是大便桥断了，你就不会安安稳稳地坐在这里了！"

梁建松了一口气，面向墙壁说："那你……你……你何必发这么大的火呢？"

老阎问："你是硬装糊涂还是当真不晓得呢？你是不是要我把韦珍和别的人找来揭发那叫人痛心的事实呢？实对你说，这几天工程队党委顾不上处理你这一档子事，可是我向上级做了报告，要求严格处理。"

梁建脸色唰地一变，好像老阎的话是一把锋利的剑，深深地刺到他心里了。他呆呆地坐在床边，过了一会儿，望着墙角，说："向上级报告也罢，要下边的同志来揭发也罢，我……我都没有什么可说的。如今，反正在你和大家眼里，我是一个说假话的人！"

老阎说："现在，你有权利要求同志们相信你是说真情实话的人吗？你是怎么对待党的事业的？怎么对待自己的同志？你到处说我嫌自己的地位低，说我为了自己把你梁建当作过河的列石！老梁，假若你总是戴上有色眼镜，看一切事物和一切人，假若你把你我之间的冲突当作个人意气用事，那就是你清清楚楚地毁你自己。我追求地位？我从战壕里追求到这茅草房里来了。不错，我现在是大大地发展了：代替一支枪和一个背包的是一捆行李，还多了一个老婆、三个孩子。"老阎来回走了一阵，又说："多少年来，我们一道工作，以至于我有这样一种深切的感觉：我不能没有你。现在眼看要各走各的路了，你觉得这是小事吗？"

梁建把帽子拉下来擦汗，长吁短叹地说："行啦，行啦，先不说这一套啦。我现在是什么也不愿意想；我要能把经过的一切事情都忘光，再从头做起，那就好了。"

老阎走过去，几乎是对着梁建的耳朵说："当然要从头做起。可是你我走过的道路，经历过的战斗，发过的誓言，都要忘光？都会忘光？不错，你我在日常生活中很少谈到过去的种种事情，那是因为新的战斗任务和忙碌的工作把这一切压到心底去了。 一旦有什么东西一触动，它就活生生地出现在你我面前了。 要不信，我就问你：一九四二年……"老阎一件又一件讲述他们共同经历的种种难忘的事情。 他说得很快，几年来，从没有这样感情汹涌过。

老阎讲述的许多事情当中，有一件事刺痛了梁建的心。抗日战争中，日本强盗毁了梁建的家，夺去了父亲、母亲、哥哥和妹妹的生命。 出奇的就是：自从全国解放以后——梁建开始拿薪金到现在，他每月一号，就给一位老妈妈寄钱，准时不误。 还总是在信封上写着"母亲大人收"。 第九工程队的人，只有老阎和小刘知道，这位遥远山村的老妈妈并非梁建的生身母亲，只是因为她老人家在遍地战火的年月里，把守寡二十多年养活大的两个孩子交给梁建，而这两个孩子都先后战死在梁建身边。 次后，梁建负重伤，隐藏在冰雪封冻的深山里。 在生命垂危之际，这位老妈妈，三天两头送饭、送药，来回在雪地里爬了七十多天，手掌冻裂了，膝盖磨得见了骨头，她用自己的鲜血和生命，救活了一位革命战士。 革命战士高飞远走、持枪战斗了，而老妈妈却落到了日本鬼子手里。 敌人把她严刑拷打之后，丢到一个干涸的池塘里，让三只猛虎似的洋狗去撕扯她。 末后，敌人还向这血肉模糊的尸体放了两枪。 但是她没有死，乡亲们救了她。 她虽然活下来了，可是经过这一场可怕的灾难之后，全身瘫痪，双目失明……现在，掐住指头一算，这位孤苦的老妈妈躺在土炕上已有十几年了⋯⋯

梁建两手不住地抓挠膝盖，脸腮火红，眼睛忽而晦暗，忽而明亮，微微翘起的嘴角跳动着，仿佛突然发高烧。猛乍，他用拳头狠狠地击着床铺，说："老阎！ 我有错误就处分我吧，何必这样揪我的心？ 你，你——"他低下头，黄豆大的泪点，滴在铺盖卷上。

老阎心里有一股说不出的滋味。 他说："是我揪你的心吗？ 老梁，同志们老早就对你说，'哪里工作混乱、出娄子，就一定是哪里人们工作热情减退了，共同信念削弱了；也一定是哪里个人的算盘打得起劲了！ 我们不要睁大眼睛走人家走过的老路。 世界上最聪明最有为的人，就是善于接受别人失败教训的人'。 当时，你对这些话一点也听不进去，现在应该清醒了。 年年闹腾着买公债，而全国人民全年购买公债的钱，也不过只能凑合着修这样一条铁路。 代价是不小，但是做不到的事做到了，劳动人民会因此而更加自信，全世界的人也会因此而更加理解站起来的中国人民，从我们的伟大的事业中获得信念和力量。 这样看，在这震动世界的工程快完成的时候，谁消极怠工，党就不会宽容他的犯罪行为。 至于大便桥的事情，谁也不能宽容你。 可是，你能坐下不动等待处理吗？ 你应该鼓起心劲，投入到工作中，能干什么就干什么。 不管你我之间有怎样的争执，能这样做去，你还是我最亲近的人。 任何人都有需要别人扶一把的日子，你也曾经不止一次地扶助过我。"

梁建擤了擤鼻涕，用手捂着前额，说："不要说了，好不好？ 老阎！ 你了解我，你行行好，帮助我离开这经济建设单位。 我以前觉得自己待在这里能有所作为，现在的的确确看到自己不是这儿使用的材料。 到别处，或许我还有些用处。 这不是对工作也有利吗？"

老阎摇头说："这是找退路！ 前几年，你对我说过：一个人建设自己的思想，是一点一滴的，是长期的，非常困难的，可要破坏这建设的成果，倒是非常容易的！ 这话，现在特别值得再思再想！"

梁建两手紧紧挤着脸，挤得脸都变了样。

不管怎么说，老阎那严厉而爽直的语言，在他心里激起了浪花；老阎那恳切的模样和那一副滚热的心肠，让他感动。 他在心里对自己说："去吧！ 怨天怨地，都是无聊。 这样下去不行。 我梁建不是无能的人，往后的日子还长，路还长，应该振作一下。"转念一想，又觉得说话和下决心倒还容易，挺起胸脯往前走，却很不轻松。 似乎是，往前走去，除了困难还是困难。 数不清的困难，垒起来简直是一座大山。 高耸的大山，凶恶的大山，不能跨越的大山。 人比起这座大山来，多么渺小啊！

残酷而长久的战争，向人要求勇气，和平生活似乎要求人具有更大的勇气。 目下，梁建这个人能从自己心里呼唤出好大的勇气呢？

第四章　夜里发生的事情

一

　　今日，天气晴了一阵，工地上的人又活跃了，到处都是踩着泥浆奋勇劳动的工人，到处是嬉笑声和歌唱声。铁路职工们把被大雨搅乱的生产组织，用令人难以置信的速度恢复起来了。整个工地像一台机器似的又正常而高速度地运转起来了。大伙晓得，这场雨凶是凶，也只是把原来的工作计划推迟了几天。加油！往前赶，抢时间！

　　嘘！冥冥之中仿佛有凶神恶煞在故意折磨人！它又无声无息地扯起满天黑云彩。起先，像丝线似的细雨悄悄地下着。过一阵，雨点打得树叶沙沙沙地响。再过一阵，雨点打得江水冒泡。没有好久，雨就稀里哗啦越来越大，越来越猛。最后，四面八方刮来大风。大风在工地上空，忽上忽下，互相撞击。它带来了满天的雷声和闪电。霎时间，江水暴涨的响声、雨声、风声，混成一片吼声，仿佛整个世界都混乱了。工地上数不清的灯光，在浓浓的雾气中都变成了暗淡的红火球。 所有的工点、工人、机器和那快熄灭的电灯，都快让狂风暴雨卷去了，都快让无边无际的黑暗吞没了！

老阎和老工程师张如松披着雨衣，噗喳噗喳踏着泥水往施工现场走去。 老工程师眼睛不得力，脚不时地陷在污泥里头，累得上气不接下气。 老阎怕他跌倒，伸手去扶他。 他推开老阎的手，说："闪开！ 我不相信自己是老头！"

他俩经过大便桥时，看见桥上有十多名工人拿着手电和工具，来回巡逻。 桥附近的江边，有五六个潜水员，想下到江水里去摸摸桥墩，虽然水流太急，很危险，很难下去，但是他们还在继续想法子。 离潜水员不远的地方，有七八十名工人，在修理几只破旧的小木船。

老阎和老工程师到了工地。 工地里到处都是泥塘。 山坡上到处淌着浑黄的泥水，像无数瀑布似的。 没有来得及拉走的机器上，盖着席子或者大雨布。

那些来回奔跑的干部，看见阎队长和老工程师来了，都围上来。 他们争着说话；为了压住风雨声，说话的时候都尽力提高嗓子呐喊。

各种情况、报告、请示、意见、要求，从四面八方涌来，把老阎他们团团裹住！

"你们乱嚷嚷就能解决问题？"一个工程师一边喊，一边推开别人，把嘴贴在老阎耳朵上报告工作。

老阎时而听着，时而向远处望去：远处的山坡上有许多手电闪光，大概是职工家属在搬家。 老阎寻思，搬家又搬到哪里去呢？ 至多只能从江岸上搬到悬崖下。 唉！ 那些工人的老婆和孩子，披风淋雨多么苦啊！

他俩顺着靠山临江的新路基，向前走去。 走了百十米，老工程师停住脚，往左右看。 这里，原来是一道沟，为了让火车通过，设计人员收集资料，进行测量，绘制图纸。 随后，成千的工人从远处一筐一筐把土运来，填平了深沟，堆成路基。 这路基，测量人员一次又一次地测过，打夯的工人，一遍又一遍地夯过。 经过许多人日日夜夜的努力，一段新路基出现了。 看看，现在，这新筑的路基被洪水冲开一个又一个的大豁口。

老工程师望着这破破烂烂的路基，痛苦地摇着头。

老阎却被另外一种景象吸引住了。 他趁着闪电看见：在高耸入云的崖壁下，每隔二三十步远，就有个屹然不动的黑影。 这些"放警戒"的工人，用手电照着有崩塌可能的崖壁，准备随时发出报告"危险"的信号。 他们一小时、两小时……从半夜到天明，就是天上下刀子，总是站在那里，好像这些久经锻炼的老铁路工人，把凶猛的雨，根本没有放到眼里；只有当雨水眯住眼睛的时候，他们才咒骂天气。

这些工人的形样，在老阎心里激起了一种自豪的感情。大雨给他带来的焦灼而烦躁的心情消失了。 他很想鼓励和感谢这些无畏的工人，于是走到一个工人跟前，要问他是哪个工程小队的，叫什么名字。 这个身材高大的工人，穿一件黑雨衣，直挺挺地站在一尺多深的泥水里，雄伟而庄严。

老阎正要说话，这个工人把流在口里的雨水吐掉，抡着手臂，大声吼喊："走远！"

老阎抹抹脸上的雨水，说："嘿！ 好大的火气！"

"危险！ 赶紧走开！"他连老阎看也不看，一股劲地用手电照着绝壁，仰起脸观察着。 大约，水顺着他的下巴，流到衬衣领子里去了！

老阎抬头看，正好一道闪电顺着绝壁闪耀。 像刀削一样的绝壁，直插到阴沉沉的天空。 它被雨水洗得发亮；在电光下，它是深绿色的。 随着炸雷的轰击，它猛烈地抖动着。好家伙，绝壁要是突然崩塌下来，真会使人粉身碎骨！ 然而这个工人，却一动也不动地站着。

老阎说："千万要当心！"

"我的工作岗位在这里。 谁叫你来泡蘑菇？ 走！"

老阎没有吭声。 一种巨大的感情震动着他，控制了他。这个工人，今晚在这铁路沿线"放警戒"的许许多多工人，叫什么名字，除了他们的小队长和指导员，很少有人知道。他们也压根儿没有想让别人知道。 冒着生命危险的英雄壮举，在他们看来是习以为常的平凡事情。 强烈的思想就像天空的闪电一样，从老阎头脑里闪过：没有这些默默无闻、愿意自我牺牲的普通劳动者，就没有这震动世界的铁路工地，就没有那使整个祖国都在沸腾的社会主义革命，就没有世界！

　　老阎转过身，想把这思想和感情，对老工程师叙说。　老工程师哪有工夫听别人说东道西？　他正捡起一块湿漉漉的石头，用手电照着，辨识着。　他要了解，这绝壁是什么石质？是否坚实？　在大雨冲唰之下会不会崩塌？　他还因为没有随身带来图纸，自己埋怨自己。　其实，就算带来图纸，目下也没法子展开看。

二

　　老阎和老工程师踏着漫过膝盖的泥浆，再往前去，眼前就是一片混乱，像天塌地陷了。　无数新从农村和城市来的临时工，拥挤着，吵闹着，有的往隧道里钻，有的往江边跑，有的陷在泥潭里拔不出腿，活像打了败仗的溃兵！

　　有人喊："同志们！　去搬运水泥！"

　　有人叫："去拉机器！"

　　有人破口大骂："该死的家伙！　乱跑什么？　快过来！"

　　…………

　　那帮临时工也不知道听谁的话才对。　大伙乱哄哄地拥来挤去。　人流不由分说地把老工程师和老阎裹起来，推到这里又抛到那里。

　　老工程师张如松，最看不惯工地里这种乱糟糟的样子。他直发脾气。

　　老阎把手上的黄泥，往一块大石头上抹着，一直不作声。 困难、障碍和一切不如意的事情，只能激起他的力量。 眼下，他在沉着而冷静地思考：怎样把这许多乱跑乱叫的人组织起来，立刻抢运江边的几百吨水泥。 他知道，现在喊破喉咙，他的声音也只会消失在风雨声、江水吼声和人们的叫声中。 他用手电照了照，看见一个青年突击队长，率领二三十个小伙子跑过来。 老阎高兴了。 他跑过去，一把抓住那个青年突击队长，险些儿举到空中，声音低沉而又威严地说："我是阎兴。 要你们这帮小伙子跟我来！"

老阎把这帮工人带到河滩，排成一行，他站在排头搬运水泥了。

剧烈而有节奏的劳动开始了……

老阎感到他和这许多人结成了一个整体，正像飞行员感觉到飞机跟他的身体结合到一块是一样的。 这种感觉使他获得了出奇的力量。 他抓起一袋一百斤重的水泥，丢在另一个工人手里，大伙一递一递把水泥往江岸上的隧道里转运。 老阎的帽子丢了，湿衣服贴在他壮实的身体上，鞋子让泥吸去了，但是豪迈而欢乐的心情，越来越强烈。 他一边丢着一袋袋的水泥，一边呼喊：

"同志们！ 一斤水泥一斤面！ 搬啊！ 努力搬啊！"

工人们也一哇声地跟着喊："搬啊！ 使劲搬啊！"

这时光，女技术员韦珍带着一百多名女工赶来，协助搬运水泥的工人们。

韦珍穿着一件深绿色的短雨衣，脚蹬长筒胶鞋，像个勇猛的消防队员。

她呐喊："同志们！加油！"

女工们跟着喊："加油！再加油啊！"

大伙齐声呐喊，好热闹啊，像个啦啦队似的。

韦珍让女工们打着手电，许多手电的光带照射着站在工人前头搬运水泥的阎队长，照射着排成一行抢运水泥的工人们，照射着千万条被风吹斜的雨线。

另一伙乱跑乱叫的临时工，被这突然出现的与闪电交映的手电光吸引住了。他们都挤过来，一看，阎队长和许多工人急急忙忙搬运水泥，他们也就纷纷加入了这有组织的队伍。转眼之间，抢运水泥的人，排成了一二里路长的行列。

阎兴暗暗地感激韦珍。他深切地知道：把混乱的人群变为有组织的力量，奇迹就会出现。看！大伙一递一递飞快地转运水泥，平时一个人背上一袋就不轻松，目下，人们抓起一袋袋的水泥，都像扔个很轻的东西似的。还有许多工人，抓起一袋袋的水泥，飞跑而去。你跑得快，他跑得更快，踏起的泥水四处飞溅。许多年轻的工人来回飞奔，显得格外活跃。他们都只穿一条裤衩——要是这里没有女同志，他们定会脱得赤条条，一丝不挂——雨水把他们的身子洗得明光发亮。

眼前这一切都化作力量，贯注到老阎身上，使他变得更坚韧、更沉着、更勇猛。他感觉到：

电光闪闪，好像给工人们照路！

雷声隆隆，好像谁在猛击天鼓助威风！

狂风抽打工人们，好像在激发人们无穷的精力！

浪花拍击工人们，好像要使人们的情绪更加昂扬！

瓢泼似的大雨，像天然的淋浴，正好洗唰工人们身上的汗泥！

紧张，一分钟比一分钟更紧张。 老阎已经分不清人们怎样动作；他所看到的就是：飞驰而过的水泥袋，年轻的脸膛，粗壮的臂膀，健壮的身姿……

紧张，一分钟比一分钟更紧张。 你就是最伟大的音乐家，也分不清是怎样巨大而复杂的声音，冲击你的耳朵。 因为，喊声、奔跑声、互相鼓励声和尖锐响亮的呼哨声，搅和着风声、雨声、雷声、浪涛声和自然界千百种响声！

韦珍，头一回看见这移山倒海似的劳动场面！

韦珍，头一回和这么多创造世界的人一道激烈地战斗！

韦珍，头一回看到日常生活中的平常人，怎么像获得法术似的，一下子变得宽阔、高大、威武。 她小时候梦想的大力士和童话中的巨人，比起这帮无畏的工人来，渺小而又渺小！

韦珍，头一回知道什么叫"满眼是力量"，也是头一回这样具体地感觉到那产生一切奇迹的最深奥也最简单的原因。

韦珍，头一回体验到：她曾经用死背功夫记忆的抽象语言，怎样在这一眨眼工夫变成活生生的现实景象。 哦！ 思想，从来没有抽象而枯燥的思想。 它总是生动的、跳跃的、饱含着感情的；一钻到人心里，就使你发热、发光，使你蓬勃成长。

这一刻，电还闪？ 雷还鸣？ 风还呼啸？ 雨还倾泻？ 自然界还在剧烈地骚动？ 不知道。 她只觉着：有火在心里烧，有力量在身上回荡。 她成了一个顶天立地的英雄好汉，世界上没有她办不到的事。 现在，任凭给她怎样需要排除万难的任务，她会头也不回，直冲上去!

韦珍的这种感情，也正是万千青年英雄为革命建立功勋和完成不朽业绩的共同感情。

猛乍，小刘像从天上掉下来似的，出现在韦珍身旁。

韦珍一把抓住小刘的胳膊，眼睛没有离开江滩搬运水泥的人群，急迫地说："水泥! 水泥!"

小刘问："嗨，你长几个脑袋?"

韦珍说："一个。 呀，什么话! 快搬水泥!"

小刘把一个柳条编的挺好看挺结实的安全帽，往韦珍头上一扣，说："要是只有一个脑袋，就乖乖把安全帽戴上。" 没等韦珍答话，他像游泳运动员从高台上跳水似的，往空中一纵，嗖地跳到一丈五尺多高的路基下边去了。

"哎——呀!" 韦珍吃了一惊，张开了口，一股风直冲到肚子里。 她探着身子，用手电朝路基下边一照，只见小刘的身影在老工程师身边闪动了一下，消失在沸腾的人群中了……

这工夫，老工程师的眼光左右一扫，在许多人影中认出了老阎那高大壮实的身影。 老阎跳着，喊着，着了魔似的和工人们一道劳动。 这种情景，老工程师在一九四九年大军南下时抢修铁路当中见过，在朝鲜战场的钢铁运输线上见过，在这里的铁路工地上也多次见过。 但是，每一次身临其境，都像重历一次青春时代。 看！ 这一刻，老工程师不是也跳着，跑着，叫着，指挥着，像是返老还童了！ 他眼力不够使，腿不灵便，不时地跌跤。 他一次又一次地从泥水中爬起来……过了一阵，他跑到江边，先是指挥一帮工人拉机器，然后，就跟工人一起，像纤夫拉纤一样，弯着腰拉呀！ 拉呀！ 顺胡须流下来的雨水成了一条线。 也许明天，这位上了岁数的老年人，全身的骨节都会疼痛。 但是，目下，他却和大伙一块儿劳动，一块儿战斗，一块儿欢乐。

老阎搬运了一个多小时水泥，看到这里工作有头绪了，便想抽身出来。 左右看看，要找个合适的人指挥大伙搬运水泥，刚好，小刘出现在他面前。

老阎说："来！ 领头搬水泥！"

小刘没有答话，一纵身就蹿到老阎刚才站过的指挥位置上了。

这时光，韦珍那手电的光亮，正照射在小刘身上。 小刘的一举一动，她都看得清清楚楚。

老阎把衣服脱下来，一边拧水，一边把老工程师叫过来说："这种激烈的体力劳动，你可搞不得。 万一有个闪失，我们没法子给党交代！"

老工程师一面喘气，一面爽朗地笑着说："劳动，这是宪法规定的神圣权利。 谁想剥夺它，绝对办不到。"

老阎说："话是不错。 你还得注意身体。"

老工程师反问："你呢？"

老阎说："我比你年轻。"

老工程师说："这话不假，不过子弹在你身上钻的洞太多了！"

老阎笑了，说："小意思，不值得一提。"

老工程师的心剧烈地动了一下，望望小刘和搬运水泥的工人们，又望老阎。

老阎和老工程师从一个工点到另一个工点，安排了各项工作。 随后，又检查了第九工程队负责开凿的十几座隧道。

下大雨，对隧道施工影响不十分大。 随便哪座隧道里，都别是一番天地。 这里雾蒙蒙的；出砟的斗车，顺着轻便钢轨来回奔驰；机器的吼声陪伴着风钻手、混凝土工、出砟工、运输工、石工、木工、电工……人们计算着进度，谈论着质量，念叨着按时接轨的誓言。 仿佛在这里工作的人，压根儿就不相信暴风雨能把施工现场搅得天昏地暗。 连老阎和老工程师站到隧道里，也觉得心情畅快，全身轻松，好像肩上的千斤担子消失了，更根本没有要命的灾祸落到头上。

可是，当他俩一走出隧道，大风直往肚子里灌，大雨直向头上浇；一帮露天作业的工人，因为一时无法工作，有的挤来挤去，有的围住老阎和老工程师，要他们出主意。

老阎要几个干部把年老体弱的工人抽出来，撤离工地；又指定另一批干部，把其余的工人组织起来，去抢运木料和钢材。

老阎把工人们打发走了之后，对老工程师说："我想立刻把工人全部撤离工地。"

老工程师说："给你说过好几遍了，明天上午材料抢运得差不多了，除在隧道里工作的人以外，其余的人就统统撤下来。"

老阎犹豫了一阵，说："也行。不过，我心里又沉重又慌乱，生怕出乱子！"

老工程师问："出什么乱子？"

老阎说："唉！不晓得。只是一种模模糊糊的预感。"

老工程师说："胡思乱想啊！"

老阎心事重重地摇着头，说："不。一个很大的战斗，一件很重要的工作，常常因为某些微小的疏忽，全盘失败。看看咱们这工地，人这么多，工点这么多，头绪这么多，情况这么复杂，谁知道哪一块没有照顾到呢！"

老工程师趁着闪电的光亮，看老阎那古铜色的脸膛和下巴上黑楂楂的胡子。他想说："老阎！你肩上的担子重啊！"还想说那多次重复过的话："你要保重身体！"可是这空洞的安慰有用处吗？于是一言未发，只是挥了一下手，要老阎和他一块儿往前走。

老阎和老工程师在施工现场忙来忙去，直到夜里三点钟才回到工程队队部。他俩衣服透湿，浑身是泥，十分疲劳。

队部办公室的电灯还挺亮，有很多人跑进跑出。用空炸药箱子支的几张床上，横三顺四地躺着人。满是泥水的地上丢着长筒胶鞋、没有后跟的皮鞋和又湿又烂的布鞋。头顶上到处搭着湿衣服，滴着水。这里，真像个突然让暴雨把旅客们赶来的乡村破店。

老阎和老工程师相对苦笑，因为他们的床让别人占了。准确地说，这些床也没有固定的主人，反正谁看见床上空着，便摸上去睡一阵；就算让那帮要材料的人、领帐篷的人、要求调拨劳动力的人或是家属妇女拥进来吵翻了天，也休想惊醒这帮睡觉的人。他们啊，他们连续在暴风雨中奋战了好长时间，才捞住这片刻的休息机会……

老工程师的耳边，还响着工地上的各种吼声；眼前还显现着那惊心动魄的劳动场面；激动的情绪，还没有消失。他独自念叨着说："搞铁路建设工作，就是这个样子：常年和雨水赛跑哩！赛跑哩！"

老阎点了点头。他懒得说话，浑身的骨头都要散了，眼皮垂上了千斤石，瞌睡得要死。大雨，混乱，紧张，都无所谓，一切麻烦而叫人恼怒的事情，仿佛都是疲劳造成的。

他走到梁建的床边，看见梁建睡着了。床下放着透湿的黄牛皮鞋，看来梁建也是刚从工地回来；而且从那鞋子上的黑泥来判断，他到最远的一个工点——九号工点去过。老阎长久地注视着梁建那又黄又瘦的脸，只见那脸上，有的地方微微跳动，好像所有的神经都休息了，只有某一根神经还在活动似的。 老阎思量："梁建在梦中想些什么？"他觉着，现在自己肩负着双重责任，这就是，不光要跟大伙一道战胜洪水，还要尽力挽起梁建的胳膊，肩靠着肩，步伐一致，共同前进。 同时，这一刻，他真想像过去那样，挤到梁建床上，两人盖一床被子，互相温暖，度过这风雨之夜。 他却没有这样做，只是转过身子，用报纸把电灯遮住半边，使光线射不到梁建脸上。 然后，弯下腰，轻手轻脚地从梁建的床下面拉出来几条麻袋，铺在地上，一倒下去就睡熟了。 可是，睡梦中，工地的景况，梁建的形样，还不时地出现在他眼前……

三

老工程师把挺大的办公桌子收拾收拾，算是有了床。 铺好了公用被褥，又把一个废弃的美国造的军用电话机拿来当枕头。

他坐在床上，点起一支烟，有时候闭起眼睛养神，有时候支棱着耳朵听窗外的风雨声，有时候又朝周围看。 他前后左右都是鼾声、咬牙声和床板吱吱吱的响声。 头顶搭的湿衣服滴着水，他伸手把湿衣服推到一边。 随后，下了床，光着脚轻轻地走过去，把一件雨衣盖到老阎身上，免得水滴把老阎身上打湿。 他盖好雨衣以后，背靠墙，望着老阎的脸膛。

手里那燃烧着的纸烟，冒起一股白色的烟柱，有时候窗缝里吹进风来，烟柱就散开了，一丝一丝地飘到空中。 听！ 老阎的牙齿咬得嘣嘣响，还急躁而不连贯地说着梦话。 看！老阎那被雨水冲洗过的脸，在电灯下看来像涂了油；粗黑的眉毛，微微翕动的鼻孔，紧闭着的厚嘴唇和那像生铁铸成的下巴，构成了一副坚毅的形样。 突然，老阎粗粗地出了一口气，翻了个身。 老工程师以为是窗外杂乱的声音闹得老阎睡不安稳。 他伸头朝窗外望了望，没奈何地摇摇头。 你说说，有什么法子呢？ 这队部院子里住着工程队党委办公室、组织科、宣传科、保卫科、工会、青年团工委、人事组、材料组、财务组、劳动工资组、施工技术组……凡是一个工程队里应有的各种组织，都设在这里。 工人们来开会，来领工资，来订合同，来请假，来领材料，来看病，都吵吵嚷嚷地挤到这里。 院子里还住着叮叮当当日夜不停的修理工班。更别说这院子又是停车场，汽车嘟嘟进来了，又嘟嘟出去了。 倒车啦，错车啦……天天这么热闹，夜夜这么红火，神经衰弱的人就别来这儿！

　　老工程师躺在床上，掏出怀表，用大拇指把表面擦了擦，看那秒针跳动。 又闭住眼睛，把表贴到耳朵上，听那"宗宗宗"的声音。 表的玻璃面子已经发黄；表壳像是生铁做的，电镀的白皮早已脱落光了。 这表是他父亲在他上学的时候送给他的。 四十年来，它虽然几次进过当铺，但是总算一直陪伴着他。

他和老阎从工地回来是夜里三点钟，现在正四点。 老阎在这一小时睡眠当中，大约又积蓄了新的力量。 老工程师呢，还是睡不着，头的后部，有一根筋在跳动，针扎似的疼痛！ 慢慢地整个头部都痛起来。 他想，也许是刚才在工地被风雨喷坏了？ 和工人们一道拉机器累着了？ 哼！ 岂有这样的事情！ 自己从来不避风雨，而且常以自己有着劳动人民一样的骨骼和一双工作惯了的手而自豪。 噢！ 一切都怪那讨厌的老毛病，临睡之前过于兴奋，就一定失眠啊！

他坐起来，把经常随身携带的帆布手提包提过来。 他像许多工程师一样，常年累月从这个工地到那个工地，从不带铺盖，走到哪里睡到哪里，因而那手提包里就装着日常使用的各种东西。 这些东西都放得整整齐齐，绝不像有些年青的技术人员那样邋邋遢遢，不会料理自己的生活。

老工程师打开提包。 这里头有几本书、几张报纸、几份图纸、表格、茶缸、洗脸和刷牙用具、毛笔、墨盒、墨水瓶、干净而折叠得很整齐的两件衬衣、两双袜子和一块手帕，还有一包女儿近年来寄的信。 另外，还有一套小巧的工具：锉刀、小锤、扳子、刀子……

他拿出一包茶叶和一本《李白诗选》，又用雨布把提包裹起来，放到桌子底下。

他想泡一杯茶，四处看看，没有热水瓶。 于是把茶叶放到枕边，躺下去，戴上眼镜，翻开《李白诗选》，找到《蜀道难》的诗篇，低声念着；当他刚念到"……蜀道之难，难于上青天……"，一个青年人进来了。他挥手要那位青年放轻脚步，不要叫嚷，免得把睡得正香的同志们惊醒。

青年人低声报告说："水位又升高了十厘米！"

老工程师问："大便桥没有发生变化吧？"

青年人说："不清楚。我是观测水情的。"

老工程师说："随时报告情况。特别要注意，水位是不是一直上升。"

那青年走后，老工程师侧转身子，枕着胳膊，思量了一阵。是的，水位又升高了十厘米，可是并不算太严重，这几天洪水就是时涨时落的。听见江水的响声，他又想起大便桥。啊，怎么搞的呢？早就听说大便桥加固了，可是天天还有人在桥头忙着察看。为了这，他曾经问过老阎，老阎支支吾吾没露实情。猛然，他记起前两天在江边帐篷里开会的时光，隐隐约约听见谁说，加固大便桥的任务好像交给了常飞。当时，他脑子里闪过这样一个念头："常飞能办好这么重大的事情？再说，谁会把这么要紧的任务交给他呢？不会。"不过，这一阵，心里疑惑而又格外不安，想去找常飞问个究竟。但愿没这回事情！

他把《李白诗选》塞到提包里，蹬上长筒胶鞋，披上从朝鲜战场带回来的军用雨衣，走出办公室。

雨一股劲地下着，丝毫没有停止的意思。下就下吧！老工程师也懒得去注意它了。

他朝办公室对面的一排工棚走去。这排工棚隔成一个个小房间。 所有的房间，电灯都通亮。 他到第一个房间，地上也有泥水，不过，这还算队部院子里唯一干净而不拥挤的房间。 房间里放着四个双层的床架子，都是青年们用树枝拼凑起来的。 窗子跟前有个小小的桌子。 桌上堆着技术书籍和有关技术问题的油印材料，丢着肥皂盒、米突尺、三角板、绘图板、擦脸油、针线、扣子、别头发的卡子……看来，常飞绝不会住在这里。

"韦珍！"一个浑身湿淋淋的女孩子喊叫着跑进来，险些撞到老工程师身上。 她往房间里一看，说："哦！ 韦珍这个死丫头还没有回来？"

老工程师看见这女孩子用安全帽端着各种各样的石头，还提个小锤子。 不用问，她一定是工程地质方面的实习生。

老工程师问："韦珍住在这儿？"

她显然认不得老工程师，疲倦而不耐烦地指着一个双层床说："我在上铺，她在下铺。"

老工程师走到韦珍的床边仔细打量，只见这张床铺干净而又整齐。 为了挡土，靠墙的那面还挂着用旧布连缀起来的单子。 床头贴着一张油画《春天的早晨》。 画面上是：初升的太阳，绿油油的草地；远处，平展展的原野上，隐隐约约显出高大的烟囱和正在耕作的拖拉机。 画面的空白处，有谁用钢笔写了几个字："年轻的朋友啊！ 我们是时间的主人！"枕头旁边，除俄文读本和桥梁技术方面的一摞书之外，还有几本小说：《钢铁是怎样炼成的》《青年近卫军》

《把一切献给党》……

老工程师张如松，从头一回在桥梁工地看见韦珍到如今，虽说只有短时期的接触，对这女孩子印象倒挺深。现在望着这床铺，韦珍生气勃勃的形样就出现在眼前。他像那些上了年纪的人一样，不仅把有为的青年人看作自己事业的继承者，而且看作自己生命的延续。他不禁羡慕起韦珍这一辈人了：他们生逢其时。回想自己当他们这样年纪的时候，到铁路上工作，亲朋好友都白眼相待，认为"吃铁路这碗饭"就是"吃洋鬼子的饭"，简直有点出卖国家民族的嫌疑！工作的头三年，整天趴在办公桌上画那些谁也不需要的图表，想做一座小桥也插不上手。到过东北，到过沿海地区，到过祖国的西南……这里测量，那里设计，混来混去没有办成一宗称心如意的事情。后来在成渝铁路混了几年，别说修铁路了，连一锨土也没动……至于那派系之多，互相倾轧，公开行贿，贪污舞弊，工人们饿得骨瘦如柴，就不去说了。那时候，他愤世嫉俗地说："中国不灭亡才是世界上最奇怪的事！"

现在，韦珍和她的同辈男女们，一上手工作，就搞好几座隧道或桥涵的施工工作。这一项任务还没完成，就有十项百项任务等待他们接受。他们当中任何一个平常的青年人，一年做的事情，比旧时代一个有威望的工程师半辈子做的事情多得多。而且，中国有史以来，是从他们这一辈人开始才能这样：把美好的想象，立即变为蓝图，把蓝图立即变为体现中国人民伟大气魄的建筑物。

韦珍他们是新中国第一代崭新的技术人员。 有一天，他们创造的业绩，将被写到社会主义建设史上，成为祖国的光荣和后辈的骄傲。

老工程师一边往外走，一边问："常飞住在哪里？"

那个又胖又矮的女孩子说："哦——你问那大少爷常飞呀？"

老工程师瞅了女孩子一眼，说："常飞就是常飞！"

女孩子说："他哟，就住在隔壁。"

老工程师走出去，站在雨地里，心里挺不愉快。

这工夫，雨下得更急了，而且有一种奇怪的响声：江水像潮水涨落似的，一阵轰地涌上来，一阵轰地退下去。 他想："怎么啦？ 今晚就要出什么事情？ 不会吧。"他早就给调度员叮咛了，晚上有紧急情况就随时找他，也没见有人来找嘛！

四

老工程师进了常飞住的房子，背着手，皱起眉头打量。

别人都到工点上去了，唯独常飞独自个儿待在这里。 他背过身子，急急慌慌在那里捆行李。 桌子上放着挎包、茶缸子、书籍，地上丢着破皮鞋、烂衬衣和撕碎的纸片。 整个房子乱七八糟，像是被土匪打劫过似的。

常飞听见脚步声，像小偷被人发现似的转过身来，两手挡住胸脯，直往后退。 一看眼前站着老工程师，他心里暗暗叫苦："完蛋了！ 深更半夜，他老人家怎么摸到这里来了？"

他一面不住地用手理头发，一面飞快地把捆起的铺盖和房子里杂七杂八的东西扫了一眼。

老工程师问："准备干吗？"

常飞伸长脖子，咽了一口唾沫，说："坐……坐吧，爷爷！"他本来是去摸椅子，却把铺盖卷提起放到地上。

老工程师说："你准备干吗？"

常飞双手扶住椅背，望着房顶，眼珠子骨碌碌乱转。 突然，他灵机一动，说："坐嘛，爷爷！ 我……我……我们准备搬家。 你看，这……这房子漏得多厉害！"他指着墙角流水的地方，证实自己说话不虚。

老工程师慢悠悠地说："只要有地方搬，搬一下也好！"他把椅子拉过来坐在桌子跟前，心想，何必让常飞一见自己就手足无措呢？ 这只会使双方感情疏远。 常飞已经不是孩子了，也受完高等教育了；任何人都有自尊心，要教导他，也该注意分寸。 他又一次感觉到，那天当着许多人严厉地训斥常飞，很不妥当！ 心里挺不好过。

常飞看到，老工程师来这里并没有发觉他周密安排的"打算"，这才把那提到半空的心放到肚里，高兴起来了。他说："爷爷！ 我在隧道测量中钻研出相当丰富的东西了。我要把我全部的青春，献给测量事业。 爷爷！ 你一定会赞同我这崇高的志愿，一定会向我伸出援助的手，使我有所成就！"他想用这精选出来的字句，打动老工程师的心。

老工程师对那浮夸而空洞的话语很反感。他一条胳膊搭在椅背上，微微闭住眼睛，说："你说这话还为时过早。小飞！我模模糊糊地听说，前几天谁派你去加固大便桥了？不能吧？"

常飞说："爷爷！不错，是梁队长派我去加固大便桥的。爷爷！这位梁队长，相当可怕哪！"

老工程师猛然站起来，说："不要胡扯别的！我问你，江水把大便桥的哪部分冲坏了？"

常飞知道，关于技术问题，特别是关于桥梁工程方面的问题，别想瞒哄他老人家，若要瞎编乱说，就是自找倒霉。他为了给自己壮胆，神情严肃而口气蛮硬地说："北边的桥头护坡，被水冲开一个洞。"

老工程师急问："好大？"

常飞信口说："总能钻进去一个人！"

老工程师想："严重！严重！"他两股白花花的眉毛往下一低，两个眼窝显得很深，问道："采用什么施工方法加固的？使了哪些材料？用了多少工？"

常飞慌了，可是怕露了相，于是强装镇静，说："爷爷！在桥梁工程方面我很生疏。值得庆幸的是，来了一个老工人，领了一批青年工人……他们运来不少片石、水泥……"

老工程师问："那个领头干的老工人，是什么模样？"

　　常飞愣了一下，但是他立刻想起了在桥梁工地帮助韦珍学习的那个老领工员。他说："他名字叫……叫……叫……反正是个高个子；脸，又长又黑，还留着毛楂楂的胡子。"

　　老工程师问："这人是不是头上谢顶了？"

　　常飞趁势说："哦！对，丝毫不差。"

　　老工程师松了一口气，坐到椅子上，说："哦，那是祁长六，是一位老领工员——八级桥梁工。他带领工人们去加固大便桥，万无一失，万无一失。"

　　常飞活灵活现地说："老祁是很棒啊！施工当中，站在桥头，挽起袖子，吆着号子，指挥工人工作喊得好凶啊！"

　　老工程师说："瞎说！老祁是个沉着而经验丰富的人，从来不乱咋呼。"

　　常飞说："那天，他一看大便桥发生问题，着急了！"

　　老工程师思量了一阵，说："孩子，我在工作过程中，也是碰了很多钉子，才知道自己本领有限。你在工地待的时间长了，也会有这种感觉。老实说，你我算不了什么，那些老工人才是神通广大哩。你在施工当中遇到难题，束手无策，和他们一商量，一切困难就迎刃而解。例如说，要把个重而庞大的东西运到高处，手边又没有大型机械，你找个年老的起重工——北方叫装吊工——他立刻就能设法把东西给送上去，连咱们有些专家看了都惊奇，甚至于觉得不可理解。工程正紧，发电机出了毛病，上上下下急得眼睛发红，你一连派去几个机械工程师，还不能很快地解决问题，可是叫个有经验的老电工去，他只要用耳朵一听，立刻就给你指出毛病在哪里，毫无差误。 总之，你不要看这些人粗手粗脚，甚至于一字不识，可是英勇坚定、智慧无穷！ 他们比起那些高谈阔论——顶着'博士'头衔而不懂得先铺道砟还是先铺枕木的人来，高明岂止百倍！"

常飞虽然出了一身汗，但总算逃过了这一关。 他浑身的筋肉松弛了，暗自庆幸，还摆出一副聚精会神而很感兴趣的架势，听他外祖父谈论老工人。

老工程师问："祁长六住在哪个工棚？ 天明我去找他，要他把加固大便桥的情况写个材料。"

常飞的脸色又变了。 他的心忽地又提起了，刚才发过烧，现在又发冷。 嗨！ 从老工程师到这个房子里开始，常飞忽忧忽喜，忽热忽冷，忽而松弛，忽而紧张，再这样继续两个钟头，他非进工地"保健食堂"吃病号饭不可！ 可是还得硬着头皮往下撑。 他说："爷爷！ 你想见祁长六？ 这……这很容易。 明……明日一早，我把他给你找来！ 好吗？"

老工程师说："听我说，小飞！ 祁长六那些老工人，别说像你一样大学毕业，即使稍微掌握一些技术理论知识，他们当中便会出现很多科学家。 你要跟他们好好学习，就像韦珍那样。 万万不能身在福中不知福。 孩子！ 我如果像你们一样年轻就好了。 我最后悔的是我早生了几十年啊！"

常飞坐在那里，双手撑住膝盖，两眼盯着老工程师，时而皱起眉头，时而点头，仿佛很感动。

老工程师想起了别人说的："这几天，常飞测量当中出的事故少。"又看看常飞那通红而俊秀的脸膛，粗黑的眉毛，聪慧的眼睛，喜悦涌上心头。他想："这孩子倒还聪明，只要走上正路就好了。"他无意间转过脸去，看见桌子上丢弃着谁撕碎的很多纸片，其中有巴掌大的一片纸，像是谁用来擦过桌子的。纸片上有"你的妈妈"等字样。老工程师把眼镜戴上，拿起纸片一看，就认出这是他女儿的字迹。他轻轻地叹了一口气，半闭住眼睛，脸上筋肉松弛，布满全脸的皱纹格外分明。过了很久，他问："常给你妈写信？"

常飞说："写……写！工作实在太忙……"

老工程师说："嗷！你可怜的妈妈总以为她是为了你才活在这世界上的，百般溺爱你。这就是她的不幸之处！这也就是我永远要责备自己的地方！唉！现在说这些话有什么用呢？"

常飞弯下腰，把脸埋在两手里，黑乌乌的头发披下来。

老工程师说："你天天看到阎队长和小刘他们，我敢武断地说，你并没有注意他们。你并不知道他们是旧时代的埋葬者，是新世界的创建者，是社会主义大厦的栋梁。孩子！有一天你会懂得，你能和这样的人一道生活，一道工作，是你一生难忘的大事情。自然，你对我说的这些话，都不感兴趣，因为你不懂得曾经有过一个怎样的旧中国，从而你也不可能把这工地当作你自己的家，把这里的工作当作你自己的切身事业。 事实上，这一切都是为你们青年人而建设的。我一看见韦珍那女孩子，就不由得想起你；一想起你，我就心里绞痛！"

他还想向常飞叙说一件已经多次叙说过的事情，转念一想，又觉得没有必要。 他清楚地记得，当常飞上小学六年级的时候，他怕女儿难过，背着她，第一次跟常飞回忆和讲述这件事：

老工程师张如松的老伴儿去世早，只留下一个孤单单的女儿！ 他在工学院教书的时候，有个助手叫常思俊，是贫苦而又好学的青年。 老工程师把自己的女儿介绍给他，不久就结了婚。 后来，老工程师看到常思俊做助教糊口也困难，便托亲拜友把他介绍到铁路工程部门。 常思俊苦熬苦受了九年，还是个工务员，连个技术员的边儿也没沾上，每月挣的薪水不够养活老婆孩子。 祸不单行哪！ 后来常思俊得了肺病，老工程师在五六个工程界的朋友协助之下，费了九牛二虎之力，才把常思俊送进北京一个医院。 唉！ 医药无效，病势一天比一天重，一直到老工程师把心爱的书籍卖完，也没救活这个富有理想而天资很高的青年！ 常思俊临死的那天，老工程师和他的女儿拉着常飞——那时候常飞才六岁—— 一道去看他。 常思俊瘦得失去了人形，成了一把骨头，生命的线快断了，说话也很吃力了。 他给老工程师、他多病的妻子、幼小的儿子和旧世界留下的最后一句话是："将来不要叫常飞学什么工程技术，中国不需要这些……"唉！

不论什么时候，老工程师张如松和他的女儿，一想起这句话，一想起常思俊临死时的模样，就忍不住热泪直淌！

…………

院子里有人喊："张总工程师！哎，到哪里去了？有要紧事！"

老工程师听见有人喊叫，连忙擦去脸上的眼泪。

常飞看见他外祖父眼圈发红，弄不清他老人家想起了什么伤心的事情，又搓手，又理头发，过了好一阵，才说："爷爷！我不会辜负你和妈妈的希望，也不会辜负祖国和人民对我的期待，我胸膛里有着奔腾的热血！我——"

老工程师站起来，头一摆，说："算了！算了！我只告诉你，无论如何要争一口气，不要毁了自己，不要使你可怜的妈妈难过，也不要使你这黄土壅到脖子上的老祖父没脸见人！"

老工程师出了常飞住的工棚，雨直向他脸上喷，天气冷得像数九寒天。低下头往前走了几步，停住脚，听那山崩地裂似的吼声。他浑身紧张，心想："啊！看样子，今晚就过不去！"

他刚进办公室，小刘就踏着泥水跑来了。

老工程师招手，要小刘贴在自己耳朵上报告情况。

小刘说："听说上游的雨更大了。洪水一直往上涨。我把大便桥附近的七八百名工人撤回来了！"说罢，又飞跑出去了。

话没落音，韦珍打着手电跑进来，浑身是水。她看见老工程师手心往下一压，就低声说："呀！洪水快到队部门口了！"

老工程师神情慌乱地在身上摸了一阵，摸出怀表，一看：五点三十分。他往老阎跟前走了两步，停住了脚；老阎才睡了两个半钟头，就是天塌下来，也要迟几分钟叫他。可是转念一想，不行，非马上叫醒老阎不可……

正在这时，一帮年青的干部和工人，咕里咕咚拥进了工程队办公室……

目下，才真正是大祸临头了！

第五章　不平常的一天

一

天麻麻亮，老阎用衣服把头捂紧，想再睡一阵。 猛然，他听到急促而杂乱的脚步声和老工程师深深的叹气声。

"不妙!"老阎一翻身爬起来。 不用问，就知道情况多么严重。 瞧! 办公室像筛子似的漏水。 他豁开人，跑出去一看，行啦，哪里也别想去了! 浑黄的江水，堵住了队部的门，涌进院子。 极目远望，洪水滔天!

他心里冰冷透凉，木然不动地站在那里。 是的，全部重要材料，都转运到比较安全的地方了;必要时便把工人们从对面工地全部撤回来，洪水还能把人怎么样呢? 可是一想到大便桥时，可怕的阴影便罩住他的心。 不过，最近几天桥工队的职工，千方百计地保护大便桥，难道……唔! 反正复杂的局面摆在眼前了!

老阎返回办公室，声音低沉地说:"调度员! 通知各个工程小队，除隧道里继续施工以外，其余的干部和工人，马上撤过来。"

调度员说："工程局施工处的周处长有指示，不得到他的允许，决不能把工人撤离工地！"

老阎喊："住口！　立刻执行我的命令。"

老工程师说："唉！　恐怕已经晚了！"他想到老阎昨晚在工地上讲到的"预感"，眉毛中那几根像钢丝一样的长眉毛，不住地抖动。

老阎背着双手，胸脯上的筋肉，一块一块冒得老高，衬衣上的扣子都快绷掉了。　他盯着墙壁，脖子上的青筋一条条暴起来。　老工程师说了些什么话，他压根儿没听见。

办公室里挤满了人。　大伙没有动作，没有言语，没有沉重的呼吸，也没有任何响声，好像这让人窒息的工棚里，有什么巨大的东西立刻就要爆炸。

有几位工程师和技术人员，脸色苍白，死死地盯住墙上的工程进度图。　这张图，多少天来占据了人们的全部思想和感情。　那时节，图上的红线不歇气地上升着，好像无数人的气力和智慧，化成了电流，无形无色的电流通到这红线上，使它获得了生命。　成天，大伙望着它，不仅一分一秒地计算时间的分量和价值，而且，从它身上得到坚定的信心，得到鼓舞，得到无穷无尽的乐趣，得到那种把无数张蓝图变成理想中的实物的具体而生动的感觉。　它——这条细细的红线，通过每个人的心，也牵动着每个人的心。　目下，这条红线冻结了。　当它快达到胜利行程的终点时，失去了生机！

"世界上竟有这样的灾祸！"工程师和技术员们交换着焦急的眼色。

有许多人眼巴巴地盯着老阎，等他出主意。 老阎感觉到这些眼光的重量了，因为这些眼光，反映出全工程队一万几千职工灼热的心情！ 还有一些人望望梁建又盯着老阎，仿佛说："我们早就同意梁队长反对提前工期的意见，哼，你们偏不听！""我就弄不清为什么要把大伙撑得这样紧！"……老阎想粗粗地叹息一声，把压在心里的闷气出一出。 可他意识到：眼前镇静和自制能力对一个挑着领导担子的人，是怎样重要。

他沉着地走过去，抓起电话耳机，喊："工程局！"电话叫不通。 他把耳机轻轻放下，平静地对两个技术干部说："去！ 坐上羊皮筏子去检查二号仓库。 敢去吗？ 好。 马上去。 注意安全。"

他又对几个干部说："咱们设法到施工现场去。"走到门口又返回来对工会主席说："你去了解一下职工家属们搬家的情况。"

老阎吩咐了各项事情，捞起雨衣正要往外走，刘子青一阵旋风似的冲进来，拉着一个人，后边还跟着十几个工人。

那个被小刘拉进来的人，侧着身子靠在墙上，斜着眼打量房子里的每一个人，还悠闲地吹着口哨。

刘子青浑身是泥，脸上流着雨水，像刚从江里钻出来似的。 他指着他拉进来的那个人，声音沙哑地说："这个混蛋，又打医生，又打炊事员！简直……"他咬牙切齿地跺脚，好像要把那人撕成碎块才能解恨！

挤在房子门口的工人们喊："他带头和几个什么玩意儿赌博，闹得四邻不安。我们制止他，他就捞起铁锨要和我们拼命。这种人还有脸说他是工人！"

那个被小刘拉进来的人，对工人们做出一副极下流的样子，说："要嘴吃饭，要脸扯淡哩！"

老阎把雨衣摔到床上，脸色黑沉沉的，问："你想利用我们困难的时候惹是生非？你认为这是好时机？"

"嘿！你是什么人？大约是队长。本人做自我介绍：我是伟大的无产阶级的一分子，正要找你算账。医生是个官僚主义，我说我发烧，叫他开个病假条，好去领工资，他不干。喂，我很文明，不跟你来别的，只要你这个书记、队长什么的给我评评理：既然无产阶级是领导阶级，我叫他开病假条，他就得服从领导呀！"

阎兴抢前一步，说："你这个不知道羞耻的废物，真有本领跟我们较量？"声音低得几乎听不清。真想一巴掌揍死这流氓，可是他压住了冲动的感情。这被压抑的感情，在胸膛里猛烈地冲击，使他呼吸急促。他厉声喊："小刘，喊李科长来！"

那人看着老阎凶猛的脸色，心里发慌，又听见工人们喊："对着哩，让李科长把这流氓送到政府去！"就贼头贼脑溜出去，还边走边喊："今天饶了你们，选个好日子再来拜访！"

那家伙溜出门，没有走几步，就和保卫科李科长碰了个面对面。李科长头一摆，那家伙立刻又骨头酥软，连忙点头哈腰。李科长一言不发，把那坏蛋押走了。

"快走！"老阎手一招，要几个干部跟他去工地，可是脚还没迈出门槛，就和他的老婆李玉英撞了个面对面。

李玉英坐在门槛上，鼻涕一把泪一把，哭着说："老阎啊！咱们……咱们的三个孩子让山水围住啦！"

老阎仿佛被谁狠狠地推了一把，摇摇晃晃地往后退了两步，背靠住了墙。他眼睛发痴，耳朵里嗡嗡地响，什么也听不见，嘴唇动着想要说话，可是没有声音。

李玉英哭得像个泪人。她埋怨老阎："你呀，还不是你劝我当这家属主任，才找了这份难过？队部下命令叫家属们搬家，我泥里来水里去四处张罗，女人叫，孩子哭，要他们搬家该多难场啊！我忙了大半天，还没回到家里，咱们住的棚子就叫水围住了！"

老阎脸色铁青。他喊："你还有脸哭！"手扶门框，胳膊抖动，有时候眼睛微微闭一下，头上汗像瓢泼。

李玉英说："孩子们要有个三长两短，我……我……我……活着还有什么意思！"她扭头就走，跌了一跤，爬起来又走。

老工程师赶上去，一把拉住她说："老阎挑着千斤担子，你得体谅他啊！我知道，你们的棚子离这边江岸不远，按现在的洪水情况看，大概，暂时孩子们不会有多大的危险！ 我马上派人去看看。 不怕，有我和同志们！"他一转头，正迎着技术员韦珍那严肃、明亮而又激动的眼睛。

"我去看看！"韦珍不等老工程师开口，就把辫子往头上一盘，捞了一件雨衣，豁开人，拉着李玉英和年轻的工程师傅以明，跑出去了。

房子里拥挤的人乱糟糟地说话了：

"韦珍！ 让我去，让我去。"

"韦珍！ 慢走一步！"

"小韦！ 你赤手空拳去能干啥？ 带上救生圈！"

韦珍哪里听得见，她飞一样地冒着风雨跑远了。

队部办公室的人，还在不断地嚷嚷：

"咱们还有二十来个救生圈哩！"

"快找救生圈！"

"都拿到工地去了！"

"队部还留了几个哩！"

"去找！ 赶快去找！"

有的人在队部办公室找，有的人在材料库里找。 刘子青像疯了一样，在队部院子里的每一个房子里乱翻腾。

突然，院子里像打架似的闹起来。 原来，刘子青和常飞拉着一个救生圈，正在拼命争夺。

小刘喊："撒手！ 撒手！ 你怎么能把公家的救生圈塞在自己的床底下！"

　　常飞的裤筒被什么东西剐破了，头发披在眼睛上，脸蛋和下巴上全是泥，胸脯起伏，一口又一口地咽唾沫。他声音抖动地说："我……我……我要用！"

　　小刘跺着脚说："要去救人！要去救人！"

　　常飞咬紧牙关，只是呼哧呼哧喘气。他使尽全身力气，脚蹬在地上，身子往后仰着，双手拉住救生圈，脸上没有一点血色，眼睛死死地盯着翻腾咆哮的洪水。目下，在他看来，世界上的一切都无足轻重，一个救生圈就是一条命！

　　小刘说："我的小老爷呀！现在最危险的地方，并不是队部。撒手！"他用力一拉，又松了手，常飞仰面朝天跌倒在又脏又黑的泥水中，救生圈摔到一边去了。小刘一蹦跳过去，捡起了救生圈，三步并作两步跑到办公室门口，一转手，让另外一个人把救生圈给韦珍他们送去了。

　　常飞从泥水里爬起来，顾不得擦去满脸五麻六道的黑泥，像冲锋似的直追上来。他冲到办公室门口，不见小刘的踪影，却让老工程师张如松那痛苦而锋利的眼光钉在那里了！

　　老工程师张如松一把抓住常飞的胳膊，头在颤动，两眼忽而冒火，忽而灰暗无光，牙齿磕碰得咯咯响，像是发热发冷。他说："你……你……"只觉得天也动，地也转，头挺重，脚很轻，身不由自主，"扑通"一声，倒在门上，又滚到地上，失去了知觉！蜡黄的脸上淌着冰冷的汗水，嘴唇没有一丝血色，一绺白头发，贴在前额上！只有那苍白的长眉毛，还直立着，微微抖动着……

桌子、凳子、空炸药箱，稀里哗啦响。 有的人要去抱老工程师，有的人找水壶，有的人抓起电话耳机找医生，有的人东摸西摸弄不清自己要干什么！

老阎挥手要大家沉住气，然后，豁开人，把老工程师轻轻地抱到床上。 手按到老工程师胸口，感觉到那颗心在微弱地跳动，他放心了，回头从容而低声地对一个干部说："快去！ 带上几个人，先到现场去！ 抓紧时间。 过一阵，我再设法过江去。"

那个干部心神慌乱地说："这就去！ 这就去！"其实，他早知道根本用不着再去了，只不过瞒着老阎。 刚才老阎老婆李玉英进来的工夫，几个干部和工人抽身出去，驾上木船和羊皮筏子渡江，可是没有划多远，大浪把小船摔到山崖上，打了个粉碎；羊皮筏子冲到下游去了，下落不明。 目下，真是没有咒念了！

房子里，有的人轻手轻脚地走来走去，有的人用眼睛和手势说话，有的人给老工程师灌水，有的人用湿手巾敷在那满是皱纹的前额上。

医生带着一个助手赶来，一进门就手心朝下压着，对房子里所有的人轻声慢气地说："静！ 静！"

他放下药箱，摸摸老工程师的前额，又把眼皮翻开看了看，用听诊器在胸脯上听了一阵。 接着，他指示助手，给老工程师注射强心剂，他在膝盖上开药方。

　　常飞弯下腰，双手抱住老工程师的头，脸色发灰，眼睛痴呆，一声不吭，好像他也快昏倒了。 房子里那些年青干部，都气汹汹地盯着他。

　　老工程师苏醒了。 他缓慢地睁开眼，看着工棚顶子，又看围在他身边的同志们，然后眼光转到老阎脸上，最后眼光落到常飞脸上。 那让花白眉毛遮掩的眼里，涌出了一长串泪珠，顺脸腮流下来，滴在常飞手上！

　　老阎用手帕把老工程师脸上的泪水擦掉，说："现在正是用人的时候，你可要格外鼓起心劲啊！"

　　说罢这话，老阎突然觉得心里刺痛。 他扭头看：梁建疾速地来回走着，有时摸着自己的前额；有时用拳头不住地打手掌；有时趴在窗子上，脖子伸出二尺长，望着远处。

　　这一阵，老工程师昏倒的事，老阎焦急的心情和气色，以及身边的一切，梁建都顾不上看，也顾不上想，只是眼巴巴盼着："出事可不能出在大便桥上！"

　　老阎叹了口气，把眼光从梁建身上慢慢地移到老工程师的眼睛上。 他寻思："十年后的今天，我对这位年老的战友说这句话了：现在正是用人的时候！"

　　往事，既很遥远又在眼前：还是在历史的困难关头——一九四六年冬天，当担架队员把负伤的阎兴从炽烈的炮火中抬下来的时候，梁建提着驳壳枪，通过敌人火力封锁的地段，跑到老阎跟前，把血染的被子揭开，抱住老阎的头，眼对眼，望着，望着！

老阎声音平静地说："老梁！ 我们要分手了？"

梁建的脸压住老阎的脸，说："伙计，你不能……你千万不能……现在正是用人的时候！"

老阎想：当年说过这话的人，现在却……是的，自从前几天自己和梁建谈罢以后，梁建稍微起劲工作了，可是谁也弄不清梁建为什么有时候失魂落魄，有时候心慌意乱，有时候寡言少语，有时候疲惫不堪！

老阎觉得心酸！

突然，韦珍提着救生圈气昂昂地进来了。 她像打了胜仗的指挥员一样，又兴奋又自豪。 头发散了，她来不及梳，就用手帕包着头。 透湿的衣服上全是泥巴，胶鞋裂开个很大的口子，手腕上擦破的地方渗出了血。

她说："险些把人急死，三……三……三个孩子总算救出来了！"

大伙松了一口气，把那称赞、感激而亲热的眼光，都投射到韦珍身上。

韦珍感觉到许多亲切的眼光，给予她的关怀，给予她的鼓励，给予她的称赞。 她为了掩饰自己满肚子的欢喜，于是谁也不看，显出矜持的神气。

老工程师抬起身子，把韦珍叫到床边，拉住她的手，望着她的眼睛，说："太好了，孩子！ 工人们叫你女将，果然是一员女将！"可是，他一看到韦珍手里的救生圈，便浑身酥软，觉得十分羞耻！ 十分痛苦！ ……他挣扎着爬起来，颤巍巍地背靠墙坐在床上，低垂着头，闭起眼睛,左手紧握着银白的胡须。

韦珍没有察觉到老工程师的心情。 她把救生圈扔到墙角，一转身钻到小刘他们背后，取下头上的手帕拧了拧水，用妇女们惯有的勤奋，在敏捷而仔细地编辫子。

二

老阎好容易抽出身子，把干部们招拢到一块儿，正要吩咐事情，外边传来喊叫声、奔跑声；有人使劲地吹哨子，有人把汽油桶拿起来当当当地敲起来，好像在发紧急警报！

材料主任梆梆梆地砸开办公室的窗子，头伸进来，上气不接下气地说:"桥断了！ 队……队……队部门前的大便桥给冲垮了！ 嘉陵江……江……江上游的好几十座大小便桥，也全给冲毁了。 咱们……咱们工程队的一万……一万多工人让洪水隔到江那边的工地上了……这……这……怎么得了，老天爷！"

干部们都像中了电一样：有的凝神屏气，望着窗外；有的人直起腰，痴呆地盯着墙壁，脸色发青；有的人低下头，紧闭着嘴唇，脸色蜡黄；有的人手举到空中不动，像僵了一样；有的人，脸红得像关公，仿佛全身的血都往头上冲！

韦珍心跳得像擂鼓似的，两手拼命地拧着衣襟，水滴点点。 她死死地盯着梁建，一阵红一阵白的脸色，表明她心潮的涨落！

"该死！乱子偏偏出在大便桥上！"梁建的头像是突然炸裂了，眼里冒火星。他昏昏迷迷地往床架子上一靠，心脏似乎停止跳动了，全身软瘫了。当恢复知觉的时候，他急切地希望有地震，有山崩，有地裂，有急病突然袭来，一下结束了他的生命就好了！

阎兴的眼光嗖地射到梁建身上。他呼吸紧迫地把梁建盯了几秒钟，然后，走到窗户跟前，一把抓住材料主任肩头的衣服，问："你亲眼看见大便桥给冲毁了？工人们当真被隔到对面的工地上了？"

材料主任说："可……可不！"

老阎狠狠地咬紧牙，把材料主任推了一把，猛一跺脚，转过身，冲出队部。他双手卡在腰里，顶着雨，站在水里，望着那迷迷茫茫的工地，咒骂自己不中用。今年洪水特别大，此地历史上从没有过这样高的水文纪录。这是出乎意料的。但是，做领导工作的人就要对这"意外"的事负责啊！在无能的人面前，才有那么多该死的"意外"！

老阎回到办公室，材料主任也跟着进来。

材料主任擦着脸上的雨水，前言不搭后语地说："我们碰到了鬼……嗨！一言难尽！我们……我们……我们算是倒霉透了！我们简直——"

老阎发火了，用拳头猛击桌子，书籍、墨水瓶，都跳起来。他大声喊："就算有天大的祸事，也要把腰杆挺直！"

老阎靠在桌子边，头脑麻木，耳朵里嗡嗡地乱响。眼前是一团飞快旋转的黑雾，好像谁用铁锤在他头上猛击了一下。 他鼓起平生的力气，使自己恢复了镇静，走到窗子跟前，把半截身子伸出去，只见队部门前放的汽车和机器，被水淹得只露个头在外边。 有许多工人住的帐篷被水淹没了；有的帐篷被水淹得只露出个顶子，像是水面上漂着许多指示航行的浮标。 远处，除了让雾气遮住的山，就是一片洪水。大概对面工地上数不清的工人，也背靠悬崖面对大江，站在那里让雨水浇灌哩！ 靠队部左边的山坡上，站着许多工人的母亲、老婆和孩子。 原来，夜里洪水突然来了，她们把衣服、被子和孩子抢救出来。 往哪里走？ 往哪里逃？ 前面是洪水，后面是万丈峭壁，只好站在那小小的半岛似的岩石上，让风吹，让雨打！ 女人的喊声、孩子们的哭声和洪水的吼声，搅成一片。 站在队部附近的一帮老工人急得转圈圈，也不能去援助他们。 妇女和孩子们，既在眼前又在另外一个不能到达的世界上！

老阎，恨不得长上翅膀飞过江去。 他明明知道江那边的工人们过不来，可又指望有什么奇迹帮助工人脱离险境；空中呼啸的风雨声，他以为是工人们的脚步声。

他希望自己是在做一场噩梦，眼前一切可怕的事情不过是一场虚惊！ 但是，当他怯生生地看了看身边的人和窗外的景况，就心如刀绞：这是现实，这是严峻的现实！

年青的干部们一时拿不出主意，都急得心如火燎滚油煎！ 房子里是一片短促的呼吸声。

老工程师下了床，用手帕擦擦脸，又搓了搓手，望着窗外的洪水。他的眼窝深陷下去了，眼光显得更严厉。没有人敢走近他，照护他，安慰他。

一个年轻的工程小队长，急得眼泪直滚。他打破了这房子里窒息人的沉闷空气，吼喊："大便桥！大便桥！对大便桥应该负责任的人，站出来说话呀！"

老阎走到那个干部跟前，逼得那人向后退了半步。他咬牙切齿地说："我最恨这种人，工作出了娄子就互相埋怨。"声音低沉而抖动！

有三四个年轻人低声哭了！

刘子青一阵跑到门口，一阵趴在窗口上朝外看，一阵又盯着老阎，像是一头被关在笼子里的狮子。他说："埋怨也罢，不埋怨也罢，反正窝囊！窝囊！要是前面是个老虎，就扑上去把它抓住；前面是个碉堡，就拼上一条命抱着炸药去掀掉它。嘿！这是经济建设呀！谁晓得这么难缠。真不如去摆弄七斤半痛快！"

老阎满肚子火气爆发了。他喊："你在经济建设的路上，才走了几步？打什么退堂鼓？唵？"

小刘说："谁打退堂鼓哟！"他回头看看他的同伴们，又看了韦珍一眼，满脸火红，像喝了二斤烧酒。

老阎头一摆，喊："走！同志们！我们马上去——"

总务主任跑进来打断老阎的话，说："啊呀，队长！我们和外界的联系全都断绝了！通向各处的电话线统统断了。

我们储备的粮食，虽然离这儿只有三公里，可是道路全断了，不定哪天才能运上来。现有的粮食只能凑合着吃两天！"

人们互相瞧着，一种孤立无援的感觉，蒙住了每个人的心。是的，电话线断了，这个洪水中的小岛与世界的唯一联系断了！工程局、铁道部，亲人和朋友，熟悉的城市和家乡，仿佛在另一个遥远而又遥远的世界上！这时光，如果那架电话机突然响起来，有谁从万里之外打来长途电话，空间的距离不是一下子就被缩短了？这时光，如果有只小鸟衔来一封远方来信，那不是每个人永生永世都不能忘记的事情吗？这时光，如果突然雨过天晴，阳光普照大地，洪水一下子便消退了，那不是每个人都会为这奇迹而欢腾欲狂吗？

老阎环顾这间大席棚，眼光停留在梁建身上，停留在老工程师的白头发上，停留在小刘、韦珍和青年同志们的脸上。什么个人恩怨，什么不同的看法，什么脸红脖子粗的争吵，什么眼前的打算和长远的思索，这一切都多么微不足道！老阎恨不得伸开两臂，把眼前所有的人紧紧地搂抱起来，说："同志们！我们是相依为命的！"可是，他巍然屹立在那里，一个字也没吐。

老阎坚定而镇静地对总务主任说："洪水不定哪天才能消退，要节省粮食。从明天开始，队部的人一天喝一顿稀饭。你去把工作人员召集起来，向大家说明情况。去！"

总务主任摇着头，磨磨蹭蹭地说："恐怕……恐怕三言两语说不通！"

老阎说："不通也得通！"

总务主任唉声叹气地说："我坚决执行命令就是了，反正会有人骂大街！"

老阎说："有本事革命，就有本事挨骂！"

他撇开还想说话的总务主任，回头对同志们说："眼下一切都是小事，救人当紧。对面工地上，有成千上万的人，粮食没有一颗；要是来个大塌方，压死百十名工人，把我们的骨头捣碎，也抵不了我们的罪过。这样办：我设法过江去，组织工人和干部，让大家想法子从绝崖爬上去，到后山去找老乡和地方政府，要求支援。"他回过头来，习惯力量使他险些对梁建说出这样的话："你留在队部掌握一切。"一想又觉得很不合适，于是他说："老梁，哎，老梁——"他没有说下去，只是盯着梁建，希望梁建为了工作，为了那巨大的过失，挺身而出，随便站在哪个岗位上，为目前的斗争增添一点力量。

大伙都注视着梁建，等待他有所表示。

"啊！这是老阎的声音，他像是对我说什么！"梁建在心里问自己。他坐在墙角，头吊在胸前，浑身无力，像被判了死刑的人。这一阵，不论什么人只要一提到"梁建"这两个字，他便像被蛇咬了一样，一阵战栗通过全身。"是的，老阎在对我讲说什么！"他一边想一边使用全身力量控制自己的情绪，可是也仅仅做到勉强地站立起来。为什么要站起来？他自己也稀里糊涂说不清。他眼前总是呈现着那座大便桥被洪水冲倒时光的可怕情景……过了一阵，他左右看看，又颓然地坐在床沿上。猛然，他意识到自己在众人眼前显出的丧气样子，于是恼恨自己，很想鼓起力气干点什么事情，争一口气，可是大便桥塌下来，压在他身上，把全身骨头都压散了。为了遮掩慌乱的心情，他抽出一支烟，塞在嘴角，狠狠地擦了根火柴，哆哆嗦嗦好半天也没点着！

所有的人扭转头，都把那有千百斤沉的眼光狠狠地压到梁建身上。

老阎结实的身躯，像是转眼之间变成了一尊岩石刻成的雕像，那凝然不动地盯着梁建的眼睛湿润了。如果不是当着这些急需要支持的年轻干部，他的眼泪会涌出来。悲痛，激愤，万箭穿心！

韦珍扑到床跟前，提着两个拳头，直挺挺地站着，偏着头，盯住梁建。她的眼泪唰唰地淌下来了！

小刘心里着了火，他把衬衣一扯，几个扣子飞了，有的蹦到梁建身上，有的碰到墙上折回来又掉在桌子上，然后从桌子上骨碌碌地滚下去，滚到梁建脚边。

小刘跺着脚，嚷叫："阎队长留在队部，我去！我去！这就算大难临头？简直亏死了人！"

韦珍伸出手，好像要拉住小刘，生怕他和谁打架似的；等到听了小刘的话，又用火热的眼光赞助小刘。

梁建觉着，小刘的说话和举动，仿佛是刺激什么人。他挺吃力地咽了一口气，想看这个小青年一眼，但是，他始终没有抬起头来。

年轻的工程师傅以明，由于心情紧张，说话结结巴巴："小……小……小刘的左脚烂得流脓！他……他……他能去吗？我……我……我过江去，一万多人的担子交给我！"

韦珍把握紧的拳头提到胸前，说："我去！我去！"她望着阎队长，脸色显得那么勇敢和刚毅，由不得使人想起万古不朽的刘胡兰。

好多年轻人都抢着说：

"我去！"

"我去！"

"我去！"

…………

一片呐喊声震得席棚子直摇晃。

老阎的眼光掠过一张张年轻人的脸膛。杂乱而激昂的呼喊声，不仅没有激怒他，反而使他更加稳实，更加坚毅，更加力量汹涌。这时候他又觉着，面临的种种情况，并不像他估量的那么严重。

老工程师的眼光到处搜寻。他希望在这众多的脸膛中，看见常飞的脸膛。他希望在这"我去！我去"的声音中，分辨出常飞的声音。他希望常飞能用勇敢的献身精神，为老年人，为青年人，为常飞自己洗唰羞耻！他失望了，摸摸索索地坐到床上；有时候闭住眼睛，有时候又茫然地望着墙壁!

　　老阎思量，目下，梁建决不能留在队部挑这繁重的责任担子，自己必须留下。那该让谁过江去呢？让小刘去吧。江那边没有一个工程队党委委员，小刘不仅是党委委员、施工组长，并且，他在施工现场上以利索能干出名，便于主持江那边的几个党支部和组织工人们。无论如何，现在，江那边的工地里需要天塌下来也能顶住的领导人。嘘！这小伙子太劳累了，简直成了瘦猴，左脚又肿又烂，怎么忍心叫他去呢？让韦珍去吗？她是可以信赖的，可以托付重任的。但是，工地上有成千上万的人，在这紧急情况下，把一个女孩子派到有生命危险的地方去，简直是可耻的想法！让工程师傅以明去吗？行。这个外表文弱的小伙子，在朝鲜战场上干了几年，出生入死，有几下子；但是说到魄力、威信、组织能力、对付紧急情况和领导一万多人的事，他可远不如小刘。老阎牙一咬，心一横，下了决心："如若小刘有个一差二错，那就让人们去埋怨我，咒骂我，处分我！"坚定的决心变成了森严的命令：

　　"小刘去！"

　　韦珍、傅以明和许多青年干部，还争着，嚷着，坚持要去。老阎头一摆，好像要用那坚定而威严的眼光，把他们扫到一边去。

　　韦珍扬起乌黑的眉毛，吃惊的眼睛睁得挺大，挺大。嘿！她生平第一次看见这样可怕的眼光。真叫人发抖！

傅以明，一阵毫无主意地搓着手，一阵着急地摸摸鼻梁上的眼镜。

小刘始终以立正姿势，端端正正地站立着，直盯着阎队长的眼睛，脸膛严肃。可是在这严肃的神情中，恰恰露出了渴望冒险的稚气。这种可爱又可敬的气概，在场的人，除了老阎就数梁建最熟悉。

往事，决不是陈旧的回忆。过去，在与枪炮子弹打交道的日子里，这青年，曾多次接受过梁建下达的重如泰山的命令。那时候，作为小刘上级的梁建，也以自己的手下有这样坚贞无畏的战士而感动，而自豪；也从那视死如归的气概中汲取过鼓励自己向上的力量。现在呢，现在梁建却不敢正眼看小刘！

那帮年青的小伙子，都羡慕地望着小刘，都觉得有小刘这样的同伴，是人生最大的光荣，最大的骄傲。要不是老工程师和老阎这些人在场，他们一定要尽情地把小刘抱起来，用许多粗壮的胳膊把小刘高高地抬起来，表现他们的激情，表现他们对小刘的尊敬和爱戴，表现他们对某种人的憎恨和轻蔑！

韦珍往前挤了挤，盯着小刘，仿佛小刘这个平常毫不显眼的人，突然变得无比雄伟，无比高大；好像隐藏在小刘身上的什么东西，一下子明光闪闪地显露在她面前了。她感到一种说不出的自豪，好像是她自己领受了使人震惊的伟大使命。她受到的震动和那种从整个身姿上表现出来的冲动感情，引起了大伙的注意，可是她却丝毫没有留意到别人的反应。

老工程师张如松望望小刘，背着手，踱来踱去，然后走到老阎跟前，说："老阎！你只顾调兵遣将，把我这根老骨头往哪里指派？"

老阎想说："正需要你去——"他一记起刚才老工程师昏倒的情形，又把话咽到肚子里去了。

老工程师说："有话就直说。"

他和小刘肩并肩，直挺挺地站在老阎面前，像一个忠勇待命的老士兵。这一老一少站在一块儿等待接受任务的样子，吸引住大伙的眼光，吸引住大伙的心。

老阎说："小刘怎么从大江上过去，这可得你想办法。"

老工程师把老花眼镜戴上，两手合拢到腹部，不住地搓着，一边思考一边说："是啊！是啊！"

年轻的工程师傅以明说："我们原来不是在江面上横拉了一条钢丝绳，为了摆渡使用吗？"

韦珍说："咦！你说这话跟没说一样，钢丝绳早八辈子让洪水淹没啦！"

傅以明固执地说："不。钢丝绳当初架得比较高，水淹也不会淹得太深。"

老阎忙问："说，快说！找到钢丝绳有用处吗？"

傅以明说："咱们在朝鲜打仗那会儿——"

老工程师恍然大悟，把眼镜往额头上一推，轻轻地拍了拍桌子，兴奋地接住话头说："好，好！ 到底是年轻人脑瓜好使！ 你提醒了我。 对。 在朝鲜打仗的时候，有一次，发了洪水，为了完成紧急任务，就把小滑车拴到横跨在江面的钢丝绳上，又把人拴在小滑车上，慢慢地滑过江去……同志们，这个在惊涛骇浪之上冒着敌机轰炸扫射而滑过大江的人，不是别人，正是咱们的刘子青啊！"随即，他又把眼镜戴上，然后又把它推上额头……紧张地思索了一阵，说："还有问题，就算找到钢丝绳，我们把它拉直、架高，可是当人溜到江心的时候，钢丝绳往下坠……"

小刘说："这不难！ 这不难！ 人到江心，手抓住钢丝绳使点劲往过扒嘛！ 这个经验我有。"

老工程师说："成呀！ 不过，那是条旧钢丝绳啊，它能吃多大力量，还得略略计算一下哩。"他摸摸上衣口袋，像是找东西，然后又搔着稀疏的白头发，来回走着，筹思着。

老阎一下子高兴起来了。 他的手举在头顶，高喊："嗨！ 有办法了！"

梁建也突然直起腰，变得生气虎虎。 他的眼睛仿佛在说："嗬！ 天无绝人之路啊！"

韦珍双手合拢在胸前，两脚并起，一跳一跳地说："人能过去，电话线也能拉过去！ 这多好哇！ 这多好哇！"

希望是生命的动力。 看！ 大家不是被一线希望鼓舞起来了？ 压不住的笑声，杂乱的谈话声，紧张的脚步声，房子里充满了工作热情。

韦珍和傅以明带了几个人，去寻找那条钢丝绳，准备渡人。 老工程师张如松去做技术指导。

老工程师刚走出办公室的门，老阎思索了一下，连忙赶上去，堵住张如松，低声而急迫地问："告诉我，小刘用这种办法过江，是不是很危险？"

老工程师用力地搓着手，低着头，默不作声地盯着身边的墙根。

老阎把一切都看明白了，知道答案是什么。 但是，他依然向前迈了半步，用自己的眼光拧住老工程师，继续追问："很危险？ 唵？ 很危险吗？"

老工程师还是死死瞅着身边的墙根，眼睛发潮，嘴唇微微抽动。 他不看老阎的脸，不看老阎的眼睛，没有勇气说话。 但是，他的姿态、神气和脸色，清清楚楚地表露出这样的意思："危险哪，老阎！ 相当危险！"

老阎背靠电线杆子，仰望着天空，任雨水往脸上浇洒。他说："老张啊，我俩一道工作了好几年，雷劈电轰也把我们分不开。 我像对自己的兄长一样地喜爱你，尊敬你。 ——请你先别开口——眼下，我求你什么，你不会拒绝吧？"

老工程师张如松猛然抬起头，一手紧紧地按在心口，一手抓住老阎的手，微微偏着的头在颤动，鬓角的白头发让雨水贴在脸腮。 他直望着老阎，满眼是泪，说："如果有什么需要，把我剩下的不多的岁月集中起来使用，老阎，这未尝不是人生的快事！ 若是信赖我，就爽直地说吧！"

老阎说："我是说，你留在队部挑起一切担子，让我过江去。我知道过江很危险，然而我是明明白白去奔赴危险的；何况江那边的工地现在正十分需要我。可是小刘那青年，我忍心——"他猛一跺脚，把紧握的拳头在空中一挥，痛恨自己："——造成目前这样的局面，都是我的过错。要是小刘有闪失，我直到死也不能原谅自己！我——"

老工程师说："不行。你过去在战场上指挥战士们冲锋陷阵，也是这么心软？凡是危险的地方都必须亲自去？都有必要亲自去？平时，你的胸膛里能跑马，肚里能撑船，现在怎么这样想不开？听我说，老阎！让小刘过江去。他年轻，身体比你灵活。行啦，不用争辩，想想江那面一万多工人，想想咱们的全盘工作。"

老阎没有听清老工程师说了些什么。他背靠墙，微微仰起脸，小刘的形样显现在眼前，梁建的影子显现在眼前，工地里一万多工人艰苦斗争的景象显现在眼前。他，百感交集！

办公室黑压压挤满了人，小刘为了图方便，嗖的一声从窗口跳出去了。他看见院子里的汽车、推土机、混凝土搅拌机上，各个房间的门口和屋檐下，都挤满了工人的妻子和小孩，就喊："孩子们哪，别嚷，别哭！我给你们找爸爸去喽。"

妇女们一哇声地喊：

"小刘！ 给孩子他爸带个馒头！"

"小刘！ 给我家老王捎件衣服！"

"小刘，捎个口信……"

"小刘……"

"小刘……"

…………

小刘一边往外跑，一边扭过头扬起手喊："我说你们这帮妇女呀，头发长见识短，都是死心眼儿！ 我给你们一人捎一点东西，不就把我压到江底叫龙王爷会餐啦？"

大风，还在刮。 暴雨，还在下。 嘉陵江的洪水，还在继续涨，涨，涨！ 对岸工地上打雷似的放炮声依然一阵一阵狂吼。 炮声是这样振奋人心：年老的工人，炊事员，汽车司机，队部的干部，医务所的伤病员，在屋檐下避雨的妇女和孩子们，都跑到雨地来听了。 听啊！ 炮声给我们带来消息。 这消息说，工人阶级的子弟，同志们的战友，孩子的爸爸，妻子的丈夫，老母亲的儿子，建设社会主义祖国的无畏战士，并没有因为和世界断了联系而失去力量，并没有因为淋雨、饥饿和陷入绝境而灰心丧气，他们能多挖一锹土就多挖一锹土，能多炸一块石头就多炸一块石头，能前进一尺就前进一尺。 既然历史发出了进军的号令，那么，任凭人世间有多少艰难困苦，即使把生命交出来，那洗唰贫困与落后的事业，那创造新世界的战斗，也是一分一秒不能停止！ 不能停止！

三

大雨乘着大风，越来越凶。 电光，忽而在远处闪，忽而在山头上闪，忽而在你身边闪。 炸雷声由远而近，由近而远，好像要把天给崩碎似的！ 嘉陵江的洪水淹没了江岸，涨到半山腰了。 它吼叫着像是要摆脱地面，淹没全世界。 天地间响彻着千百种撕裂人心的声音。 秦岭和大巴山在浓浓的雾气里团团打战！

老工程师张如松擦了擦脸上的雨水，情不自禁地把小刘的肩膀抱住，说："孩子，多加小心！"他恨自己年迈力衰，要不，他就替这孩子去奔赴艰险。 在朝鲜战场，作为一个人民战士的小刘，在九死一生中不是多次救过自己的命吗？

老阎的雨衣被风吹得扇起来，他用力把雨衣裹在身上，站在泥水中。 小刘望着老阎，看他还有什么叮咛和指示。 老阎一声不吭，对小刘看也不看，只是头一摆，用坚定、严峻而微微有点冰冷的眼光指着前方浊浪滔天、吼声震耳的大江。 他这当年的指挥员，知道怎样用自己的脸色、眼光和姿态，来显示自己的意志和决心。 他也晓得怎样掩饰自己的感情。 眼下，没有比过多的感情更害事的了！

梁建站在老阎身边，穿着湿漉漉的雨衣。 他把帽子压在眼眉上。 这一阵，他觉得眼前的任何工作，都插不上手，仿佛是个来工地参观的客人一样。 他像是不由自主似的，眼光老是跟着小刘转。 这一阵，梁建焦急的心情以及为小刘过江担忧操心，比在场的任何一个人都分毫不差。 一来，小刘就算有千不是万不是，他马上就要豁出一条命，投入到危险之中，这总是叫人钦佩的、感动的；二来，小刘过不了江，对面工地里出了什么事情，第一个受不了的人就是他梁建。 小刘如果过了江，把一万多工人救出险境，那也就是直接救了他梁建。 梁建从心眼里感激小刘。

梁建走到小刘跟前，很想说几句鼓励的话，但是找不到任何言辞。 他默默地抚摸着小刘的肩膀和脊背。

小刘说："梁队长，你还有什么指示？"

梁建没有作声，他想起刚才在队部听到大便桥断了的消息之后，自己颠三倒四和软弱无能的样子，便想对自己发火。 这一刻，望着小刘，悔恨和惭愧的感情，更有力地袭击他。 说什么小刘"忘恩负义"，说什么"小刘和老阎一块儿整自己"！ 这一切想法，在这生死斗争的场合回想起来，无聊而且叫人痛心！

他望着翻腾的江水，给小刘说："那天，我在老阎家里说了你几句，听说，你哭了！"

小刘低下头，卷着衣角，眼睛发热，什么话也说不出来！

梁建眼睛望着一边，说："不要在意！ 我也不知道我当时对你混扯了一些什么！"

小刘望望梁建那又黄又瘦的脸膛和乱蓬蓬的胡髭，一霎时，心情变得非常复杂。 但是，他一转过身，看见眼前做过江准备工作的人们，像一阵旋风似的忙迫着，这种热烈的工作景象，又吸引住他全部的注意力。 他像个天真的孩子，心境又变得非常单纯，不停地用手背擦着眉毛上的雨水。 出奇！ 不管他走到哪里，不管他的头偏向哪边，都看到韦珍那祝福、鼓励、担心和思绪万端的眼光。 这眼光和目前大家都为他过江而奔忙的景象，弄得小刘心慌。 说到前面有怎样的危险，他倒没有考虑。 对他来说，危险算得了什么呢？ 在生活的道路上，压迫没有征服他，贫穷没有压碎他，饥饿没有扼死他，战争中的千百次死亡也没有吞没他。

韦珍奉老工程师的命令，首先把电话线挂到小滑车上，再把搁在小刘身上的绳头拴在小滑车上。 她的手碰到小刘的胸脯、脊背、胳膊和满是黑泥的双手，无法说明的情感、心思，都在这接触中传达出去。 接着，她把滑车和绳子上的每一个细小的地方，都摸了又摸，看了又看，三番五次地检查着。 如若老工程师允许，她这检查工作，可以无期限地进行下去。 要是既有绰裕的时间，又有这份权利的话，她愿意把小刘渡江的全部准备工作检查一遍，十遍，一百遍！

她趁着拴绳子的机会，把小刘头发上的雨水抹了抹，悄声说："小刘！ 我……我……我等你……我们等你回来！"

小刘一转脸，鼻子正好擦过韦珍的鬓角。 他像吃了一惊似的，把身子往后一仰。 这工夫，那强大而模糊的感情，突然明朗了，无论如何要给韦珍说几句最要紧的话。 说呀，嗨，他又找不出适当的话，又着急，又别扭，一股劲儿擦着脸上的雨水。 他费了九牛二虎的力气，好容易才张开口说："小韦！ 我把这么大的事，险些给忘了。 真是要命！"

韦珍急迫地问："啥事？"

小刘用手背擦了擦下巴，有口无心地说："我……我……我的学习本本压在队部的床铺下边了，给我收拾起来，别叫雨水把它泡成纸浆！ 哎，记住！"

韦珍愣了一下，失望地说："好吧！"她有气无力地把一双白色的粗线手套，塞到小刘手里，心事重重地叮咛："戴上。 别叫钢丝绳把手磨破了！"一低头，又看到小刘那用绷带捆着的左脚。 她想叫医生来把那脚上湿透的绷带解下来，换一条新绷带，来不及，过江的时间快到了！

小刘往江边走了几步，又返回来对韦珍说："我刚才给你说的话都不要紧。 只有一件事，你要——"

韦珍忙问："哦，什么事？"

小刘说："梁队长的气色不好，他可能生病了！ 我求你，千万要替我照护他。 ……能办到吗？"

韦珍望着小刘的脸。 她的眼光中有思索，有感叹，有崇敬，有难以描述的心绪。 过了好一阵，她微微点头，轻轻地说了声"好"。

老工程师坐在一块石头上，把一片纸压在膝盖上，急急地计算着什么。 一个工人自动地给他打着雨伞，两三个工人自动地站在旁边给他遮风。 周围还拥挤着妇女、孩子、干部和年老的工人。 大伙的眼睛一眨也不眨地盯着老工程师那筋骨暴起的手和那移动着的笔尖，仿佛那手和笔尖，决定着小刘的生死，决定着大江两岸无数人的安危。

许多人拿着工具和绳索，在老工程师左右十来米的地方奔跑、喊叫：

"拉紧钢丝绳！"

"滑车要上油！"

"注意检查！ 反复检查！"

"没有任务的人往后退！"

"有任务的人站在各自的岗位上！"

"注意信号！ 协同动作。"

…………

接着，一个又一个的人向老工程师报告：

"一切应该注意的事项，都再三给小刘叮咛过了！"

"钢丝绳和滑车都检查过了！"

"我做了最后一次全面的检查，可以动手了！"

…………

最后，轮到韦珍报告。 她一个字也没吐，只是望着老工程师的眼睛，微微点了一下头。 随后，就用手扶住身边的一块大石头，微微闭了一下眼，仿佛头发晕。

老工程师张如松站起来，周围的人眼光都霍地集中到他身上、脸上。 大伙凝神屏气。

老工程师缓慢地转着头，把那站在各个工作岗位上的人仔细地看了看，然后，这眼光和老阎的眼光碰到一块儿了。

两双眼相对凝视了几秒钟。 老阎背着手，直挺挺地站着，脸色铁青，毫无表情，只是坚毅地扬了一下眉毛。

突然，老工程师吸了一口气，好像在聚集全身力量，举起红色的小旗，用力一挥，声音森严地下了命令："开动！"

这命令声，震动了老阎，震动了梁建，震动了老工程师自己！

这命令声，使周围的人浑身紧缩，心都提起来了！

这命令声，像一道撕扯天空的闪电，险些儿把韦珍击倒！ 她用双手捂住了胸口。 当她稍稍清醒了的时候，一种锐利的感觉爬上心头：她有许多心里话，迫不及待地想对小刘说，可又跟不上了。 她觉着，平素小刘的每一个举动，每一句无关紧要的话，现在都变得格外亲切，特别宝贵。 可是，往常自己却没抓住那难得的时光，好好跟小刘推心置腹地谈谈；仿佛，连小刘的身材和脸膛都没有仔细看过。 唉！为什么，为什么人老是事后才变得那么清醒、聪明，而当他置身于美好事物当中的时候，反而不懂得珍惜！

小滑车顺钢丝绳嗖地向前滑了几丈远，转眼之间便平稳而缓慢地滑去了！ 滑去了！ 小滑车吱吱的叫声，由大而小，渐渐地听不到了；小刘的身体越来越小，渐渐地变成一个黑点了。 那黑点，时而出现，时而消失……江两岸，一万多人的心越抽越紧了。 每个人都屏住了呼吸。 每个人都觉得自己心脏跳动的声音，比天地间一切声音都猛烈。都巨大。

小刘滑远了，滑远了！ 江两岸的人怕他滑得慢，也怕他滑得快。 慢了，小刘忍受艰难的时间长；快了，危险越来越大。 时间啊，有时候你疾速地飞驰而去，有时候你像是凝然不动，有时候你悄悄从人身边溜走，有时候你把希望、回忆、幸福、死亡压缩在一秒钟里，把全部人生都压缩在一秒钟里！

小刘滑远了，滑远了！ 眼看滑到江心，钢丝绳下坠，小刘的身体快浸入江水之中了。 小刘双手拼命地抓住钢丝绳，缩作一团。 一道又一道的闪电，从天空劈下来，擦过小刘的前胸和后背。 雷声在他前后左右爆炸，万箭似的急雨拼命地射击他。 大风把他吹得晃过来荡过去，或者把他抛上去又摔下来。 黄色的波浪像连绵起伏的山峰，一个浪头比一个浪头高，仿佛江水要暴跳起来吞没小刘。 看，小刘接近水面了！看，小刘的脚浸到水里了！ 看，一片片水浪从他头上盖下去了！ 哦，怎么得了？ 上游冲下来一堆黑乎乎的东西。 那东西是树根或是木头，撞到小刘身上，那就把小刘击毁了！ 那就把一万多颗心击毁了！ 那就把一切希望都击毁了！

可是，小刘在自然界千百种力量凶恶的打击下，还是继续前进！

两岸的人，奔跑着，挥手呐喊着："小刘！ 小刘！ 小刘……"这里，有母亲担忧的声音，有工人妻子期望的声音，有孩子惊吓的声音，有同志们鼓励的声音。 这所有的声音拧成一股无比的力量，好像大家希望用这使天地为之震动的力量，把小刘承载到人生的新境地。

老阎挺身而立，像是个铁铸的人。 他，脸上毫无表情，像是失去了感觉。 梁建站在他身后，几乎趴在他身上了，老阎也不知道。 老阎不看小刘，眼光掠过人们头顶，死死地盯着远方雾气腾腾的山腰，不自觉地把手里的一支烟，揉成了碎末；手心的汗又把烟末和成了泥。 只有他和小刘同生死共患难、一块儿征战过几万里的人，才知道小刘怎样把生命置之度外！ 只有他这把小刘交给危险的人，才知道小刘那红肿的脚浸在水里是怎样的痛苦！ 而且，只有他这站在领导岗位上的人，才知道小刘的每根汗毛、每个动作、每次呼吸，都在怎样牵动着江两岸一万多颗心！

现在，特别是现在，阎兴更加深刻地感觉到小刘格外宝贵。 他简直不敢设想，如果失去小刘，他会怎样痛不欲生！但是，不管老阎怎样操心，怎样激动，而有一个牢固的信念，始终盘踞在他心中。 这就是：小刘一定能过去，一定能胜利地到达对岸。 ……

老工程师被雨水浇得浑身透湿。 脸上流的是雨水还是汗水，谁也分不清。 他急速地走着，仿佛在计算着自己心脏跳动的次数。 胡子颤动，好像时间在用锋利的牙齿啃着他的心！

韦珍转过脸去，不敢正眼看在江水上空挣扎的小刘。 从小刘出发到现在还不到一小时，可是她觉着像过了一百年似的。 她把小刘送给她的安全帽，从头上卸下来，紧紧地抱在怀里，用力过大，安全帽似乎变了形。 有一撮头发，被雨水贴在她时而焦黄时而煞白的脸腮。 那细嫩的满是青春活力的脸膛，一下子变得瘦棱棱的了，好像她刚害完一场大病！

梁建双臂紧紧地抱在胸前，心情也十分紧张。 勇敢的青年人在危险之中挣扎，也许再也看不到他了！ 梁建想，如果事后他还能看见刘子青，那么，他要说的第一句话就是："小刘！ 你千万不要把我想得太坏了！"可是，再往下想："小刘为什么要过江？"一种不敢正视的答案，使他全身打战……他恨自己，咒骂自己……他怜惜小刘！ 他在心里给小刘使劲。 他恨不得为小刘向上天祈祷！ 一转眼，又问自己："这一切想法有什么用？"他看看老阎，看看身边焦灼万状的同志们，看看大江上面那模糊的身影，看看对面雾腾腾的工地，一道亮光从他心头闪过，一种决心充塞着他的胸膛："让我过江去！ 让我去顶替小刘！ 即使碰到什么不幸的事，那也是应该的！"……

小刘滑过江心以后，新的艰难又来了：钢丝绳斜斜上升，滑车很难移动了！ 他双手抓住头顶的钢丝绳，向前攀进。 攀进，攀进，一寸一寸地向前攀进！ 前进一寸，喘一口气；前进两寸，出一身汗。 手套磨烂了，手心磨破了，胳膊麻木了，感觉似乎也消失了。 看不见高山，也看不见闪电；听不到人们摇撼天地的喊声，也听不到惊涛骇浪的吼叫；不晓得大风要把人撕成碎片，也不晓得大雨要把人窒息而死！ 只有那双劳动者的手，机械地攀着，攀着……血，染红了白色的粗线手套。 血，染红了钢丝绳。 血，混合着雨水，滴在流遍祖国大地的江水中！ 目下，好像一点力气也没有了，好像雷电、风雨、江水、工地、战友、事业和世间的一切，都要从记忆中消失了。 有时候，他把头搁在肩膀上，闭住眼睛，休息片刻。 这当儿，谁要看看这年轻的没有血色的脸，谁要看看这发青的嘴唇，谁要看看这被雨水贴在前额上的一撮头发，就会感觉到：这青年人全身都冰凉透冷没有一丝活气了！ 可是，那坚毅的容颜、微微翕动的鼻孔却表明，有一种坚定不移的信念牢固地盘踞在他心里，有一股永远不会熄灭的火在他心里烧着，有一种顽强不屈的力量在他身上升腾。 不是吗？ 你看，你看！ 他又在攀进、攀进，一分一寸地攀进……这一刻，他——刘子青，用急促呼吸的次数，计算着生命的重量；用心脏跳动的次数，计算着人生道路的长度。 他——刘子青，又瘦小，又年轻，平时在人的大海中，只不过是一滴水，谁也不会注意他。 可是目下，有多少希望的眼睛送他，有多少希望的眼睛迎他。 这一阵，谁不愿意把自己的力量和生命分给这出生在破旧草屋里的小刘？而那些观望生活浪涛的闲人，那些为了一己私利而消耗生命的庸人，那些在战斗征途中逃跑了的人，一生一世决不会有一次像小刘这样让人操心过，期待过。 妇女和孩子的眼光，上级的嘱托，战友的盼望，勇往直前的献身精神，这一切，在小刘那纯真的心里烧起怎样照彻人世的光亮啊！ 雷电、风雨、浪涛、寒冷、疲劳、危险和各种随时可以把人置于死地的打击，能把小刘这种人怎么样呢？

"小刘到了对岸！ 到了对岸！"两岸欢呼声震天响。大伙都像发了疯一样在奔跑，在挥手，在摔跤，在热烈地拥抱……

妇女们兴奋得哭了，抱住那工人的小儿子哭了！

老阎在擦汗。 事情按照他的愿望实现了，他反倒显出生平未有的慌张，好像人在回想危险时倒比在危险当中心情更加紧张一样。 他不知不觉地把手搭在梁建肩上；梁建不光紧紧地靠他站着，还把一块手帕递给他，让他擦脸上的雨水。

老工程师张如松靠在大石头上，喘着气，一手扶着韦珍的肩膀，一手按着自己跳动的心脏，生怕心从口里跳出来似的。 而韦珍，把左脸贴在老工程师胸脯上，上嘴唇不住地抖动。 由于过分紧张，她的心要破裂了。 可是紧张的弦索突然全断了，她从可怕的世界里回到了现实生活中，现实生活中未曾料到的欢乐和幸福，那么有力地震动着她。 她独自嘟囔："真的过去了？ 真的平平安安……过……"不连贯地说着，闭住了发热的眼睛，生怕眼前的一切突然化为乌有。

老工程师抚摩她的头，说："当真过去了。 咦！ 头发上全是水，快把安全帽戴上！"

一波未平一波又起。 猛然，人们混乱了，呐喊起来了，惊慌而焦急的情绪压倒了所有的人。 原来，小刘到达对岸，被工人们从钢丝绳上卸下来的时候，浑身冰凉，呼吸停止，直挺挺地躺在那新筑的泥泞的路基上了……成千上百的工人，围绕在他四周……

　　雨，越下越大。　风，越来越猛。　奔腾在悬崖绝壁之间的嘉陵江，越吼越凶。　这一切声音，是巨大的又是低沉的，是喧嚣的又是悲怆的！

四

　　"唉！　小刘万万不能有闪失……电话线总算拉过去了……小刘万万不能……"梁建从江边往工程队队部走去，走得很慢，一面走，一面回头朝江边看。　他要到队部去和江对岸的工人们通话；只要电话通了，一场灾祸就过去了大半……而且，只要小刘不出问题，那简直可以说一切都很完满。　不过……唉！　现在一切都是昏三倒四的……梁建浑身发冷，心里却像火烧油煎，控制不住的泪水，在眼眶内滚动！

　　老阎茫然地望着梁建的身影，提起沉重的脚，也往工程队队部走去。　他的感情一直都在猛烈地翻腾："难道再也看不见小刘了？　这就叫永别？"辛酸的感情伴随着撕心的痛苦，折磨着老阎。　失去小刘，就等于老阎丢了魂。　他不能没有小刘，建设工地不能没有小刘，工人阶级不能没有小刘，这世界上也不能没有小刘。　随即，老阎又觉得自己的种种念头是胡思乱想。　他对自己说："不，不！　小刘决不会有危险！　大约他昏倒了，休息一阵，又会爬起来活蹦乱跳。　唉！　也不一定……"他急躁不安又很疲劳，雨水顺脸往下淌，也懒得去擦。 口干舌燥，他使劲地咽着流在口里的雨水。 长筒胶鞋里灌满了泥水，走起路来咕嘟咕嘟响。 他走上十来步或二三十步，就让一群抱着孩子的妇女用话堵住了：

"队长！ 雨这么大，我们到哪里安身？"

"队长！ 大人再苦也行，看这孩子淋雨你不心疼？"

"队长，孩子他爸，该不会出什么差错吧？"

"队长！ 娃娃他爹叫水冲走了，俺们的日子怎么过呀？往后谁怜念我这苦命的人！"

…………

老阎眼前是忧愁的妇女、哭闹的孩子，眼泪、诉苦和那瓢泼似的大雨！ 铁石心肠的人在这景况之前能不凄然泪下？老阎把重重心事压在心底，把滚热的眼泪往肚子里咽。 他鼓起心劲，安慰这一个，劝说那一个，而且答应很快给职工家属们安顿住处。

老阎回到工程队队部，坐立不安。 他看了这乱七八糟的办公室，就想发火。 吃冤枉的通信员，眼睁睁地走进走出，也懒得把办公室收拾一下。 他讨厌那桌上堆积的文件；讨厌墙上那颜色灰暗的平面图；黑色的电话机看来更不顺眼：平时，它不停地叫着，送来让人非常兴奋的消息，送来让人忧心如焚的情况，目下，它却死一般地冰冷和沉默。 老阎心里千头万绪，任凭怎样使劲，也理不出头绪。其实，并不复杂，那不过是一种无限后悔的心情煎熬他：为什么让小刘过江去呢？ 我应该过江去，即使事后有人指责说"你放弃了领导责任，你必须对严重的后果负责"，也甘心情愿！

这工夫，办公室周围挤满了职工、妇女和小孩，其中也有韦珍。大家披风淋雨，等待着，等待着，等待小刘的消息，等待亲人的音信，等待决定命运的时刻。

在这些等待消息的人当中，只有韦珍显得特别。她一会儿走到队部门前，一会儿走到大树底下，一会儿又急急地走到某一个妇女跟前。她为什么走来走去，连她自己也弄不清楚。她的眼睛仿佛在询问天，询问地，询问面前所有的人："工地里发生了什么事情？"其实，她的眼珠子虽然转来转去，但是并没有看到任何东西。从未经历过的严重打击和惊慌的心情，搅得她头昏眼花！

突然，队部办公室的电话铃响了！

这声音，使围在房子周围的人，骤然获得了生气，接着就欢呼起来了。大家奔走相告……只有韦珍仿佛没有听到什么似的。她靠墙站在那里，抱着安全帽，生怕它飞掉似的，翻起眼仰望天空，任凭雨水顺鼻子两边流下来，流过脖子，流进衬衣领子里头。她一动也不动，仿佛不思不想，其实，她在想着一件事情，或者说，一个记忆中的印象，那么固执地占据了她的脑子。这就是她刚来到这第九工程队，头一回看见小刘的印象。那时光，虎头虎脑的小刘，正抡起胳膊，脸红脖子粗地和一位同志争论问题，韦珍并不同意小刘的说法，因为刚来这里工作，不好表示什么，可是心里很不舒坦。 这一阵子，那不愉快的印象，变得这么生动，这么亲切；小刘和别人争论问题时急躁的样子，满头茅草堆一样的硬头发，明亮而激动的眼睛，都是这样清楚地出现在眼前。不知道哪个家属拉了韦珍一把，她才像苏醒过来似的，弄清周围发生了什么事情。 一阵震动通过心头。 这震动给她带来滚热的眼泪。 她连忙用手帕擦了擦眼睛，抹抹鬓角的雨水，向队部办公室门口跑去，途中，有好几次慌慌张张碰到家属身上。

电话铃的响声，一下子使办公室变得明亮而充满生气。这声音，把大江那面的工地上一万多工人的心跟这指挥机关联系起来了。

老阎也像一下子年轻了十岁，红光满面，眼睛里喷射出欢乐的情绪。 风雨呀，洪水呀，工期呀，梁建的情绪呀，这一切比起电话铃的响声来，都无关紧要。

老阎想扑过去，捞起耳机，用全身气力说几句话，可是生怕眼前的景象只是一场幻梦，于是犹豫着……这工夫，调度员机敏得像个猴子似的，两手一拍，嗖地坐到桌子上，抱住了电话机，弯下腰，两手捂住耳机送话的地方，喊："哎呀！ 是你？ 当真是你？ 我的小爷爷呀！"调度员跳下来，把耳机递给阎队长，说："小刘！ 当真是小刘！"然后，他站到那里，眨眼吐舌头，还不住地搔着后脑勺。

老阎双手抓住耳机，问："哦！ 你是小刘？ 我——阎兴。 电话通了！ 哎哟，你这个小家伙！ 一过江就昏过去了？ 你的脚怎么样？ 肿啦？ 要小心。 要千万小心。 工地有卫生员。 你仔细说说工人们的情绪怎么样？ 好，好！ 绝壁上吊着过去使用过的安全绳，利用它往上爬。 派几十名工人，爬上绝壁，从森林里钻过去，到后山百十里的地方和县人民委员会联系，弄些粮食和熟食。 要大伙停止工作。 小刘！ 要关心同志们，人是无价宝。 好！ 晚上通话。 你可别拉住绳子上了山，去搞粮食。 要听话。 好，好！"他放下耳机，又想起了什么，连忙抓起耳机，问："小刘？ 要小刘讲话。 啊，小刘，你刚才讲话的时候，牙关子直响，是不是生病了？ 身上发烧？"

耳机里送来小刘的声音："哪里！ 哪里！ 你只管放心。谁要看我表演，我还可以在钢丝绳上来回几趟！"

老阎说："调皮的小家伙！ 要注意身体啊！"

老阎放下耳机，又觉得：他刚才只是把那最先涌上脑子的话不连贯地说了几句，好像最重要的话还没有讲。 他搓着手，耸着肩，噔噔噔地走过来，噔噔噔地走过去，眼睛总不离电话机。 有时候，还侧着脸把耳朵贴近电话机，好像这个电话机会自动跟他交谈似的。 小巧玲珑的电话机，叫人喜爱的电话机！ 嘿，难怪战士们把你从朝鲜战场千里迢迢地携带到这山沟里来！

老阎兴奋地在房子里走着，时而低声哼着快乐的曲调，用指头在桌子上敲着鼓点，时而朝外看，他希望有人走进办公室，随便聊点什么，哪怕是平时最不顺眼的人也好。 对啦，洪水把老婆和孩子赶到哪里去了？ 也许雨水把他们喷得生病了！ 那个牙牙学语的小女儿多逗人爱啊！ 她要病了才够麻烦！ 千忙万忙，也一定要抽空去看看他们……

老阎让高兴的心情控制了的同时，梁建在办公室内间——调度室，也被兴奋的心情控制了。

梁建头脑清醒，身心爽快。 他用右拳打着左掌，来回走着，筹思着，又一次在心里对自己说："小刘这青年人，总算不赖。 的确不赖……人在事中迷呀！ 现在看来，这几天工地里发生的事情，并不像原先设想的那样可怕。 好啦，好啦，目下一切都挺好……"兴奋之后，冷静的思考又来了。想呀，想呀，心情又逐渐沉重起来，就像清朗朗的天，慢慢地让黑云彩遮掩住一样。 末了，一肚子高兴又完全化成忧愁！ 不错，事情没有原来想的那么严重，可是谁要检查这几天的工作，有许多事都没法子交代。 没法子交代就下不了台，下不了台就更没法子交代……这怎么办呢？ 嗯，这怎么办呢？ ……

这时候，不晓得谁从工会办公室把锣鼓家伙拿出来，在队部外头拼命地敲打起来了，震得人耳朵发麻，连面对面说话都听不见了！

"还嫌不够热闹？"梁建皱起眉头，独自嘟囔。 然后，伸长脖子朝窗外望了望，为了隔绝那欢乐的声音，就啪嚓一声把调度室那破烂的窗子关起来了！

第六章　震动天地

一

　　大洪水消退后的第三天，天空蓝漾漾的，没有一丝云彩。 太阳照得工地上冒热气。 毒热的天气又在施展威风了！

　　三百多名工人组成的突击队，用了一天一夜的工夫，把工程队队部门前被洪水冲垮的大便桥修复了。

　　大便桥修好以后，老阎和队部的干部们立刻就跑到各个工点上。 他们废寝忘食地进行了一天一夜的组织工作，便使各个工点和各工作部门又像平素那样紧张而有条不紊地活动起来了。 广播站依然播送歌曲。 日夜和各工点联系的调度电话，不停地响着。 工程队队部办公室不断有人进进出出。工地里的各种机器，照样运转，照样吼叫。 一部分人在各个工点上继续做收尾工程，另外有许多人在抢修运输便道。 往日，从队部门前到大便桥跟前，非常热闹：树荫下，崖底下，凡是阴凉的地方，就有山区老乡出卖柴火、菜蔬、木耳、核桃、酸枣……还有钉鞋的、卖杂货的、卖凉粉的、算卦的、耍猴儿的……洪水来的时候，暴风雨不晓得把这帮人卷到哪里去了。 如今，雨过天晴，洪水消退，这些卖艺的、挑担的、摆摊的和穿草鞋的农民，又都挤来了。 下了工的人，熙熙攘攘挤到这里买东西；上工的职工们，豁开人，经过大便桥到工地去了。 工人的孩子们，背着小书包，一跳一蹦去上学。 工人的老婆背着在工地出生的小孩，提着饭盒子到工地去送饭。 建设生活按照它的内在规律在有节奏地运行着。 至于前几天经过的种种困难和苦楚，人们仿佛忘得一干二净。 真的，要不是工地里到处都有泥水，要不是江滩上到处都是洪水冲下来的树枝和黑色的柴草，谁也不相信这里曾经发生过什么要命的事情。

突然，山坡上的喇叭筒里送来好消息："同志们，请你们听听汽笛声……"拉着枕木、钢轨和架桥机的铺轨列车，已经开到江上游的山沟里了。 火车的汽笛声不时传来，还越来越近。 这震荡山谷的声音，一下子把所有的职工、家属和孩子都鼓舞起来了。 有的人把草帽推在脑后，望着远处，等待铺轨列车突然从山脚出现；有的人喊叫："来了，快来了!"一传十，十传百，真是人口快过风，霎时间，整个工地都是欢乐的吆喝声。 背着猎枪或是竹背篓的山区老乡，队部的干部，卫生所的轻伤员和职工家属都挤到江边，仿佛迎接久已期待的英雄人物似的。

正在大家迎接铺轨列车的时候，工程局党委组织部副部长张孔，翻山越岭步行了二百多里赶到这里。 他是洪水以后，从外边来到第九工程队的第一个人。

张孔一来，第九工程队有些干部就喊喊喳喳地暗中议论，互相打赌：

"这个大干部，是来追究责任的。 我猜错了我请客。"

"这回我们和洪水战斗有功，准有一大批人受奖哩。 不信，就等着瞧吧！"

"我得到毫不含糊的情报：后天工程局局长和党委书记要来……"

…………

往常，张孔一来，总是先找干部们听汇报，这一回，却把铺盖搬到工棚和工人们住在一起。 这稀罕的举动更让一些人疑心。

小刘躺在卫生所。 他的脚发炎了，肿得像个大茄子。 梁建看罢小刘，从卫生所出来，不安和怜惜小刘的心情，纠缠着他。 一转弯，他看见老阎的老婆李玉英，拉着大孩子，背着小孩子，急急地走来。 梁建清楚，碰到这女人，要走也不行，她准要啰唆一阵，不如赶快躲开。 他还没转过身子，李玉英倒一股风似的走到他跟前了。

梁建说："啊，碰到你啦！ 哪里去？"

李玉英指着大孩子说："老梁哪！ 这小冤家从早到晚吵着要小刘叔叔！ 要小刘叔叔！ 叫得人头都发蒙。 唉！ 别说孩子了，就是我，心头也是压着千斤石，坐立不宁。"她把裹着鸡蛋的手帕举起来，在梁建眼前摇晃着说："卫生所门口挤满了人，都要去看望小刘。那个高个儿女护士放开嗓子吆喝：除了队部的负责干部，任凭谁也不准看小刘。哎，老梁！你说，只有队部的负责干部和小刘有情分？亏她只是个护士，她要是个皇上，就没有人活的路儿啦！"

梁建说："嘘！看病人的人多了，是不大好！不过，依我看，过上十天八天，小刘的病也许能见轻！不用担心。"

李玉英高兴地说："真的？这可好了。老梁！你说说，老阎怎么越活越没出息。工地里有成千上万的人，偏偏要叫小刘过江去，这不是活人长了个死心眼吗？唉！"

梁建望着滚滚江水，有气无力地说："反正大便桥断了，当时情况紧急，只有——"

老阎的大孩子，从妈妈衣襟底下钻出来问："叔叔！桥为啥要断？它不断不行吗？"

梁建望着远处的山坡说："它要断嘛！"

孩子拉住梁建的手，说："不，不，你哄我哩，一定是坏人弄断的！"

李玉英说："哎呀，多嘴！我说老梁，要说到大便桥的事情，我可要怨你啦。你是个精明人，经验多，办法稠，刚发洪水的时光，就该敲打老阎几下，叫他操心大便桥。唉！如今说这些话就是贼走了才关门——迟啦！我说老梁——"她背上的孩子哇哇地哭起来。"——小老子！哭，你只会哭！——我说老梁，你气色不好，该是劳累坏了吧！如若愿意，就到我家歇息一阵，喝一碗汤汤水水。咦！老阎也不晓得钻到哪个老鼠洞里去了，打从大便桥断了到如今，再没照面！"

李玉英走后，梁建抱住脑袋在石崖下边坐了老半天。想着小刘的病，一颗心像丢在油锅里似的。可是一想到李玉英，他就不由得窝火。他寻思："那女人精得很，她什么都清亮。刚才唠唠叨叨，是故意刺激我；连她孩子说的话，说不定也是她教的！"

他回到工程队队部，看见很多干部在排除院子里的积水。干部们一边排水，一边叽里咕噜地议论工程局派来的张孔。梁建总不开口，做出消消停停的样子。哼！又不是来了钦差大臣，何必瞪眼吐舌头？可是在他那镇静的外表下，有一颗比别人更加不安的心。他想："李玉英真可憎，她叽里哇啦吵了一阵，又把我的心搅乱了！"其实，不怪李玉英话多，也不怨小刘的病况使人担心，最重要的原因倒是：自从他听到张孔来的风声，就丧魂失魄，不由自主地成天思量"张孔来干啥"，弄得饭量大减。有时候，他觉得这样苦苦思索和耗费心血实在寡味。再一想，碰过许多钉子还没有学会处处留神吗？他反复琢磨的结果，认为张孔来大半是追究责任的；而且追究的重点十有八九是为了工期落空——没有按时接轨的事情。他认为自己的猜想是有充分根据的。瞧！为什么你不来他不来，偏偏来了个老阎的冤家对头？ 看来，老阎有个难过的关口。

当年，张孔、老阎和梁建在一个步兵团工作。 后来这个团改编成工兵团，抢修铁路；那会儿，老工程师也到了这个团。 一九五三年第一个五年计划开始，这个团的成员集体转业，成立了第九工程队。 张孔是第九工程队的党委书记，老阎是队长，梁建是副队长。 张孔在工作中犯了严重的错误，老阎进行过坚决的斗争。 后来，张孔到党校学习了一年多，回来以后担任了工程局党委组织部副部长。

梁建想：在处理张孔问题的过程中，老阎不顾情面，对他进行了严肃的批评。 如今张孔要是存心找碴子，老阎会好受？ 说不定自己也要跟上倒霉。 也难说啊，张孔也许有他的打算，不过对老阎这被人称为内内外外都有好名声的人，乱来也不行。 梁建越想越躁，狠狠地咒骂："活见鬼！ 世界上的事情够多复杂：你要在某一桩事情内找碴子，处处是碴子，把当事人判十年徒刑也不难；你在同样的事情中找优点，封当事人一个全国模范也能成！"

"自己瞎费心思，还不如去找张孔聊聊。"梁建下了决心，走进队部旁边的小沟里。 这里，松树和柏树长得密密实实。 树林深处有人在吹口琴。 微微发浑的溪水，从竹林中流出来。 即使天气再热，这里也是凉爽的。 梁建顺着溪水旁边有弹性的草地慢悠悠地走去，时不时地还蹲在溪水边，挽起袖子去摸小鱼。 他早就看见张孔坐在一块石头上写东西，心里还想："这家伙学会享清福了！"可是装着什么也没看见，好像他在工作之余来到这里闲游闲转似的。 直到张孔喊他，他才像有意外发现似的走过去，手一扬，说："哦，老张嘛！ 你这个家伙变得更年轻了！ 嘿！ 掖这样厚一本书，向科学进军啦？ 要不是头发落了大半，真可当博士哩！"他一边大模大样地说话，一边察言观色，以便根据张孔的来意决定自己的说话分寸和行动方向。 同时，他又为自己这样的打算而很不好过。

张孔不慌不忙，十分稳当，别人很难在他脸上看出喜怒哀乐。 他始终持着这样一股劲：谦虚、朴素、老练、深沉。

梁建心里毛辣火热。 他想转弯抹角用话套出张孔的一言半语，因为话说得太含蓄，张孔根本没有察觉到他的意思，梁建却以为张孔故弄玄虚。 他恨张孔，又满肚子懊恼，觉得自己说话太蠢，恨自己无聊、卑下！

二

梁建和张孔谈完话，已经夜里九点了。 他在江边独自个儿转悠了一阵，回到队部，爬上床，打定主意，不想任何事情，要好好睡一觉。 可是不管他闭上眼睛或者睁开眼睛，总看到张孔那让人识不透的眼光老是盯着他。 失眠折磨得梁建头痛欲裂，眼圈也发黑了。

这工夫，值夜班的调度员对着电话耳机，向上级报告那每晚十二时照例报告的"今日生产情况"。 夜深人静，他的喊声特别洪亮。 这声音让梁建恼火，他把自己睡不着的原因归之于调度员的大喊大叫；同时，这声音又使他满脑子杂乱的想法似乎有了头绪。 他寻思：不管张孔这一趟来干什么，反正我要去找调度员，把我能安顿的事情都安顿妥帖。 把一切安顿妥帖之后，就过了一大难关。 过了难关，往后，随便干个什么工作，就老老实实干去，免得再让说不清的烦恼和打算这样折腾人！

当初，第九工程队几个领导干部分工的时候，梁建是兼管安全的。 在建设工地，最吃不消的事情是发生事故死了人。 因此，现在头一宗要办的就是：把有关这方面的事情周密地安排一下。

梁建走进调度室，用胳膊把调度员揽到跟前，说："来！咱们俩把这几天拖下来的事情处理处理。 事情太多吗？ 那就先汇报安全方面的问题。"

调度员一五一十给梁建做了汇报。

梁建东瞅西看，心神不宁。 他有时听调度员说话，有时听门外的脚步声，又心虚又紧张，觉得自己在干着见不得人的事情。 一转眼，又找到了使自己安心的理由：何必疑神疑鬼？ 莫非，我不应该把分内的工作安排得有条有理吗？ 再说，这种安排对整个工程队的工作来说，也不是完全无用。

他低声问调度员："前天下午五时三十分，有两名工人被洪水冲去，做报告了没有？ 拿调度记录簿给我看。"

调度员说："嘿呀！ 电话线断了，朝哪里报？"

梁建的手往下压了压，说："高喉咙大嗓地嚷叫什么？

我又不是聋子。 电话线断了，你也要把该做记录的事记录下来。 空口无凭，没有书面记录，就让你满身是口，将来很多情况也说不清。"

调度员嚓嚓地补写记录。 写完，又稚气又敬佩地望着梁建。 瞧，在这样紧张的时光，梁队长还按部就班地办理这些工作手续方面的细小事情，这需要怎样的魄力和周密的思考呀！

梁建侧转脸，避开调度员的眼睛。 他觉得那眼睛好像在问："梁队长！ 现在有成百件事情要处理，怎么你偏要一宗一项地安排这些眼前没有什么用处的事情呢? "梁建咬了咬牙，对自己说："对也罢，不对也罢，反正就是这一回。 往后，干净利索地重新做人！"

梁建看看补写的记录以后，说："啊，对喽，阎队长曾经指示，要我们把洪水期间发生的各种情况，随时报告上级。 我们始终没有好好执行这个指示。 现在你拟几个简短的报告，作为拟发而未发的报告底稿，保存起来。 我说你记：第一号报告，洪水来临前三天，工程队负责同志主持召开过一次会议，认真研究了防洪期间的安全问题，还做出了具体措施（具体措施有打字稿可查）……第二号报告……第三号……第四号……"

梁建坐在桌子跟前，一手卡住下巴，一手执笔，反复研究着调度员写的草稿，要让词句和语气准确有力，要让在鸡蛋里挑骨头的人也找不出毛病。 但是，他又一次变得这样窝囊、无能、毫无用处，连一个有力的字和半句有用的话也搜不出来！

梁建烦躁地思量了一阵，把草稿涂改了一番，往旁边一推。调度员当是梁队长让他把报告草稿保存起来，于是，他捡起那涂改得花里胡哨的纸张，一边看一边朝调度室走去。

梁建满腹心事地抱住头。他觉着调度员的眼睛还在盯着他。那眼睛变得越来越大，越来越可怕！突然，他猛地直起腰，往桌子上抓了一把，仿佛要把那几张可恶的报告草稿撕个粉碎，扔到窗外的流水中去，可是什么也没有抓到。好像有一只看不见的手，早就把草稿无影无踪地抓去了。梁建恐怖地四处望着，身上像冰水浇。他问自己："我在干什么？……我……"

三

张孔和梁建谈罢话的第二天，他曾有好几次想和老阎聊聊，看来老阎也有这个意思，可是洪水之后有许多事情缠住人，老阎实在抽不出喘气的空儿。于是，这天吃罢晚饭的时光，张孔约梁建到江边去散步。

梁建知道张孔约他去散步是什么用意。总之，别人严厉地批评也罢，提出一连串伤脑筋的问题也罢，反正自己找不出多少理由替自己辩解。虽然如此，梁建还是把他准备的那些连自己也知道行不通的办法，再三琢磨了一阵，想硬着头皮顶住一切将要落在他头上的东西。

张孔和梁建一走出队部的门，就看见对面山坡的小路上，有很多人背着东西往下走。 这些人当中，有工程局的干部，也有地方干部和当地的农民。 运输便道被洪水冲毁，还没有修复。 他们这些人都是从很远的地方翻山过岭，穿过原始森林，来给工地运送粮食的。 也许，他们当中有不少人，在深山里摸了好几天才赶到这里。

喷火的太阳快落到西边的山顶上了。 山沟里挺凉爽。大雨之后，空气清新，人人都觉着身心畅快。

张孔和梁建顺着湿漉漉的小道信步走着。 他俩随便闲聊，从当地群众对建设工地的支援谈起，直谈到这偏僻山沟的巨大变化以及老战友的生活状况。

梁建说："老张！ 不光你羡慕人家到军事学院学习，我也一样。 话说回来了，老阎这家伙一窍不通。 前几年调他去军事学院学习，他说他哪里也不去，迷上这经济建设啦。当初，他要听了我的话，这一阵不就是一名国防军的师长？"

张孔似笑非笑地说："老阎现在指挥的人，比一个师还多呀！ 哎，你记得王大个儿吗？ 前几天，我在西安碰到他啦。 那家伙还是有说有笑，劲头十足！"

梁建说："知道。 听说老王抖得很哟！"然后，他俩又谈到人民解放战争，抗美援朝，建设工地，边设计边施工的困难，工程发包人和承包人的争吵，不合理的材料申请制度……真是老战友见面，哪怕谈话是天上一句，地下一句，东拉西扯，毫无次序，可是亲热得了不得。你说怪不怪，当张孔无意之间拨动了"防洪"这根弦的时候，充满在两人中间的和谐气氛给破坏了。梁建谈话中那种欢欣、明确的调子消失了。他变得不冷不热、不近不远，在各方面都保持着充分的警惕和适当的分寸。只是有好几次，他稀里糊涂地踏到路上的泥水中。

张孔一开首和梁建谈话，就从那不时变化的眼睛里看出梁建心里有各种力量在激烈地争斗。争斗中，那种向上的力量似乎占了上风。但是，一转眼，那向上的力量像是被什么巨大的东西压倒了。跟着，那浮现在梁建脸上的爽朗神情一下子也消失得精光！

张孔有点发闷。是的，梁建把那通向心灵之路的门给堵死了，很难进行亲切而有用的交谈了！

他望望江水，又望望山头，说："老梁！今年的气候真怪哪！"

梁建心里猛一动，脑子一转，好像防备突然袭击，由于过分紧张，一时不知道该怎么回答。过了好一阵，他说："的确怪得很！"

张孔说："谁也料不到，雨季会比往年整整提前一个月！"

梁建眼睛忽闪忽闪地眨了几十下，望着自己透湿的鞋子，说："一个月。啊，不多不少一个月！"

张孔看着山崖上洪水消退后留下的痕迹，说："这场洪水真大！"

梁建为了给自己鼓劲，就伸展伸展胳膊，说："是大得很啊！"

张孔瞟了梁建一眼，他觉得，梁建仿佛放出一种无形的烟雾，他看不清梁建的面目了。而且，身材高大的梁建，好像突然变得瘦小了。

张孔筹思了一阵，说："这次防洪中，同志们很辛苦啊！"

"这葫芦里装的什么药？"梁建紧张地思索，可是尽力不动声色。他琢磨："说'辛苦'吧，那就是有了'功劳'啦。好，防洪中有'功劳'的人，都站出来，这次损失的材料，被洪水冲去的工人以及种种乱子，都和你们这帮人有关……说'不辛苦'吧，当作客气话也行，可是上级如果认为这次和洪水斗争是一个伟大的胜利呢？你说话不起劲，那就是防洪中出力不多……"梁建脑子紧张地转了几圈，举起胳膊，正要说话，没防备一块大石头险些把他绊倒。他定了定神，说："老张啊！说不上辛苦不辛苦。我们在施工现场工作的人，常年四季都是这个样子啊！"

张孔心情激愤：梁建怎么变成了这副样子呢？你在他的话语中任何东西也摸不到！他的魄力、才能和那由斗争经验凝聚起来的思想到哪里去了？在施工现场工作的人，置身在战斗生活中，苦是苦，可是，他们时时都以时间的主人自居；时时都觉着周围有千万根血管连接在自己身上，给自己输送新的血液和新的力量；时时都觉着自己思想充实，精力旺盛；时时都觉着自己和整个时代一起前进。怎么梁建在这种前所未有的斗争中，越来越变得缺乏生气？

张孔轻轻地吹了一阵口哨，一不小心，他也踏到泥水中了。他把脚上的泥跺了跺，问："老梁，这次防洪中冲走的材料统计了没有？"

"牌摊出来了！他是来追究没有如期接轨的问题。"梁建想着，情绪有些安稳。他说："统计了一下，大致统计了一下。"

张孔转过身来，面对梁建站着，目光逼人。他提高声音问："损失很大吗？"

梁建的心抖动了一下。他取了支烟，趁擦火柴的工夫，脑子又转了几圈。现在到了紧要关头，他更加紧张地思索着，揣摩着，好像一不小心，就会踏在使人粉身碎骨的地雷上。他眉毛一扬，说："事前有准备，洪水来了的时候又抢救得快，所以材料方面的损失可以说不大。不过，这也看怎么说哩！"同时，他在心里怨自己："我竟然落到这一步田地！我……"

张孔还是不眨眼地盯着梁建。他想："那颗心曾经是忠贞的、熟悉的、可以信赖的，如今，我连它也认不出来了！"他想说话，千言万语，无从说起。于是，他背着手，扭转头凝望着远处山头上的团团雾气，心头有一种说不出的寂寞!

两人面对面站着，心和心相隔千里!

两人默默无声，只有永不改变方向的江水，哗哗地奔流着。

张孔为了打破堵在两人中间的沉闷空气，问："这次洪水造成的损失，是不可避免的吗？"

梁建说："这很难说。 不过我们的全盘工作是老阎掌握着哩。 老张啊! 我只是他的助手。 这话对别人不好说! 有啥办法呢？ 人比人活不成。 进步慢嘛!"

张孔叹了口气，说："嘿嘿! 你只是他的一名助手。 多新鲜!"

梁建强装笑颜，说："老张! 你还是这样，爱不动声色地开玩笑!"

张孔眯缝着眼，望着波浪翻腾的嘉陵江，说："开玩笑？世界上还有人开这么痛心的玩笑!"

梁建吃了一惊，但是佯装不知，拍着张孔的脊背，说："哈哈! 你这个胖子把话拉得太远了!"

张孔依然眯缝着眼，依然望着波浪翻腾的嘉陵江，微微摇着头说："拉得太远了？ 不远啊，老梁，就像你站在我眼前这么近! 老梁! 我最近常读历史书籍，特别是农民革命的历史。 我觉着，那些农民革命的英雄，一刀一枪打天下当中遇到的危险，还比不上他们取得相当胜利以后遇到的危险大。 我们和他们处的时代不同，但是有一点是相同的：胜利对许多革命者都是更严峻的考验！不信，你就去看，书上用血和泪写下了他们的悲惨下场！"

梁建又点起了一支烟，狠狠地吸了一口，说："噢！有意思。你到党校去学习，就学了这样一大套！有意思！"

张孔眼角的皱纹，突然出现，突然消失。他说："这一套？这一套对有些人简直可以起死回生！"

梁建苦笑了一下，但还是摆出潇洒的样子。实际上这一刻他极力避开张孔的眼睛，仿佛那眼睛可以把他衣服剥光，可以把他按到地层深处去。突然之间，梁建这个堂堂一表的人，锐敏地感觉到自己有气无力，像被霜打了的小草一样干枯了。

张孔愁眉不展地思量了一阵，头缓慢地转过来，仿佛他的头非常沉重似的。他目光炯炯地盯着梁建问："老梁！你我说话，不需要吞吞吐吐。这次防洪当中材料和其他方面的损失，肯定地说，你要负相当大的责任。"说罢，望望近处新搭的大便桥，又望远处的工地。他看见：按照接轨的要求，各项工作昨天差不多都完成了，只有那返工后重新做起来的五号桥墩，今天中午才勉强完工。

"所谓'其他方面的损失'，还不是指大便桥！"梁建想着，心灰意懒，好像他坐在被告席上，听取最后的判决。他强打精神张开口，说："有很多情况，除了老阎别人说不清。就是老阎也未必样样事都能说清。每一件事情里头，都有许多预料不到的因素。自然，发洪水期间死了人，虽然和大便桥被冲断没有多大关系，不过这无论如何总证明了我对安全工作搞得差。 应该说明的是：在这方面，不论事前的布置或事情发生后的处置，大家都尽了一些力量，这有文字记录和报告底稿可查。 你有兴趣的话，回到队部办公室去看一看。"说罢，他又觉得这一番说明都是十足的废话。 什么记录和报告，眼前看来不仅毫无用处，而且为了这拙劣而愚蠢的补写证据，还不知道会招来多少祸事哩！ 真是活见了鬼！

张孔说："用不着看，一张纸盖不住犯罪行为。"

梁建浑身发冷，心脏仿佛停止跳动了。 他知道，现在说什么也没用了，一切都亮出来了，可是还心虚口松地强辩："黑字写在白纸上，比空口说空话有用。 它可以帮助人辨明是非。"

张孔说："'是非'？ 哦，还有个'是非'？ 手摸胸口想一下，如果有个心术不正的人，根据你的说法，把一切责难都压到老阎头上，你不觉得亏心吗？ 作为他的老战友，你不难过吗？"

梁建两手摊开，说："这是从哪里说起呢？ 好像我把责任往老阎身上推哩！"

张孔说："事实就是这样。"

梁建向前走了两步，险些滑了一跤。 他说："老张！ 我是倒了霉，可也不能墙倒众人推！"

张孔说："对你我这样的人说，无所谓倒霉不倒霉。"

梁建老羞成怒地说："嗬！你是大道理一套又一套，以为我梁建连二百元的票子也点不清？老实说，木匠的斧子一面劈，就任何事情也搞不清。从你我谈话开始到现在，关于别人我只字不提。何必说呢？一来我自己有缺点，有错误，不能光怪别人；二来你是党委派来的大员，长着眼睛和耳朵。上上下下有多少人主张'七一'接轨，今天七月三号了，还没接轨。可是现在我梁建倒成了罪人！"他虽然说得蛮有劲，可是连自己也知道这些话根本不能成立，于是他又后悔自己管不住自己的嘴。

张孔说："没有按预定时间接轨是一回事。现在要问你：为什么没有及时把工人撤离工地？回答是：桥垮了。为什么在情况紧急的时候丝毫没有想到保护大便桥呢？你怎么答复？再说，不幸中的万幸是小刘冒上命，过了江，使一万多人脱险。如果在桥断了以后，人又过不了江，工地发生混乱，出个大事故，工人死伤一大批，又怎么办？"

"大便桥！又是该死的大便桥！"梁建头脑麻木，低下头，一声不吭。

张孔从口袋里摸出个东西，说："你看！这是技术干部韦珍写的信，她对你提出了尖锐的批评，而且要到铁道部去告你。别的事暂且不去管它……"他把韦珍的信展开："请你看这一段：'在洪水刚下来的时候，我根据工人们观察的情况，向梁队长报告，要加固大便桥……'好啦，你不忙解释……"

谈话谈僵了，为了缓和这种局面，张孔和梁建不声不响地顺江边的小路往上走去。他们走到一块田地旁边，看到几座新坟墓。坟上放着许多干枯的花圈。每个坟前都插着一块牌子：

"赵千成，五十岁，工龄二十五年。为建设社会主义祖国而牺牲！"

"程小年，二十岁，临时工。为建设社会主义祖国而牺牲！"

…………

张孔默默地站了一阵，又背着手向周围看：左边不远的崖壁上，有二十多年前工农红军刻的大标语："打倒土豪劣绅！""工农红军万岁！"……在这些标语旁边还有一九四九年人民解放军经过这里时写的几条标语："解放大西南，最后消灭蒋匪军！""中国人民大解放！"……

张孔说："老梁！看，这不是一部活历史？"

梁建背着手，望着一棵枯干的树木，不作声。梁建没有听清张孔说了些什么，而老阎往日劝说他的话，这一刻，又在耳边响，仿佛无数人在他耳边吼叫似的。老阎那大孩子的眼睛、调度员的眼睛、韦珍的眼睛，突然变成许许多多眼睛，愤怒地盯着他，责问他。他还一清二楚地看见了躺在工地卫生所那张病床上的小刘……

四

老工程师张如松从卫生所看罢小刘出来，顺山坡小路往工地走。他一想到小刘发高烧、紧咬牙、浑身抽搐的情形，就很心焦，自言自语地说："搞不好，这孩子的脚会被锯掉的！"

雨后这几天，他和老阎一道忙得连饭也顾不上吃；百忙中，还时时想起常飞。今天下了好大的决心把许多急事推开去找常飞，打算爷孙俩一块儿去看望小刘，可是连影子也没见到。他心里忧愁不安，为了常飞给工作造成的损失，给大家造成的不好的印象，觉得没脸见人。一转身，他看见梁建和张孔在半山坡游山玩景似的指手画脚，心里的火气更盛了。回头看，只见老阎在对面工地上奔忙。他满腹心事地想："老阎啊！你知道这两个人在给你安排什么哩！"

老工程师看清了梁建最近的种种表现，也知道老阎和张孔过去一度闹过别扭。现在他生怕张孔和梁建气味相投，扭成一股劲整治老阎。"真想一手遮住天？不行！谁要整治老阎，我就拼上一条老命和他打官司打到党中央！"他满心激愤，可是转念一想，又不禁自问，自己是总工程师，难道对防洪前的很多措施和洪水造成的各项损失，不负重大责任吗？他深深地叹了口气，说："唉！万一有人找碴子，我自己跳到黄河里也洗不清哩！"想来想去，一种感情从心里升腾而起。他又狠狠责备自己："想的是些什么啊！多懦弱，多自私，多可耻！"

他直想过去听听梁建和张孔在叨咕什么，又觉得不合适，走到桥头，用手在眼眉上边搭了个凉棚，极力远望，在工地来往的行人中找寻老阎。他看见老阎提着安全帽，正和几个在工地巡回治疗的医生交谈什么，就招手喊老阎过来。

老阎从工地里走上来，长筒胶鞋上满是黄泥。他焦虑地摇着头说："小刘的病不妙，全身抽搐得更厉害了。可不敢是破伤风！"他怅然若失地望着天空。天空几块黑云彩，像几座大山似的，向南移动！

"哪里话，不要神经过敏！"老工程师一边说一边把眼镜戴上，接着又取下来放在口袋里。老阎弄不清发生了啥事情，只见老工程师那几根很长的白眉毛在颤动。

老阎说："嗯，你心情不好？也许是累着喽！我这个人穷忙一气，连照护你的空儿都没有！"

老工程师说："你还在鼓里坐着哩。看！"他哆哆嗦嗦地指着远处站的两个人。

老阎迷惑不解地说："看什么？那是张孔和梁建嘛。"

老工程师说："我问你，张孔既然来这里检查工作，就只听一面之词？走，咱们去三对六面谈谈。"

老阎说："这是很正常的事。老张是上级派来的，他愿意找谁谈就可以找谁谈。"

老工程师说："不管是谁派来的，反正这人靠不住。"

老阎说："不见得靠不住吧！"

老工程师指点着老阎的胸口，说："听我说，老阎！你比我经受革命锻炼的时间长，可是我也没有白活了这样大的年纪。不客气地说，你吃亏就吃在你以为别人的心肠和你的心肠一模一样！"

老阎说："你有你的看法。不过，你说'不管是谁派来的'，这话很不妥当。"

老工程师偏着头，望着一边，说："这话是不妥当。你就像过去那样爽直地批评我吧。我会很难过，也会更喜欢你。啊，现在先不说这些，咱们去找张孔。"

老阎望望在工地巡回治疗的医生，又显得神情恍惚。他说："也好……不过……依我说……请原谅！小刘的病把人的心搅乱了！唉！我简直不知道该怎么办才好！"

"回头咱们去看小刘。我打了电报，要工程局医院张大夫连夜赶来！"老工程师说罢，挽住老阎的胳膊，朝张孔和梁建跟前走去。

张孔和老阎握手后又和老工程师握手。接着，他就和老阎亲热地谈起来。

老工程师张如松目光炯炯，脸色严厉。他背着手，用那饱含着经历的眼光，时而打量张孔，时而打量梁建，极力想透过他们半正经半开玩笑的话，看到隐藏在那后面的东西。但是，他在他们的谈话当中没有察觉到任何不对头的东西。同时他感觉到，目下老阎和张孔，都没有心思谈梁建的问题。既然他们不谈，大约就有不谈的道理，自己何必莽莽撞撞……不，必须当着张孔把这件事情的根根梢梢刨出来。于是他寻思了一阵，挺身而出揭发那些自己所知道的实情了。

他说："老阎！如果在你拼死拼活的时候，和你共同做领导工作的人，把全部担子往你肩上一推，站到干滩上看鱼跳，告诉我，你心里是什么滋味？"随即他便在心里怨自己："又是这样盛气凌人！婉转一点说不行吗？"

张孔蛮感兴趣地点头，表示赞同老工程师的话。

老工程师激愤而不信任地看了一下张孔，心里说："不要把我当作三岁小孩子！"

张孔瞟了老工程师一眼，笑了笑，说："而且那个和老阎共同做领导工作的人，不是别人，正是他的老战友。往日，两人一切都不分你我，连快乐和难过也是分享的。"

老阎望着梁建。梁建浑身抖动了一下，为了掩饰自己发慌的心情，他斜歪着肩膀靠在树干上。他一清二楚地知道，老阎能容人，可并不是讲情面的人，现在，当着党委派来的人，又有这个倔老头作证，老阎至少要把大便桥出的娄子和他梁建的种种表现，全盘端出来。嗬！就这些，也能使他梁建吃饱喝够。他身上出冷汗，头有点发蒙。

老阎心情悲怆。他叹了口气，望着工地，望着山山岭岭和原始森林，过了好几分钟才说："眼前工作挺紧，不忙讨论这些。如若硬要我表示意见，我说，我还没有学会我必须学会的东西。至于别的方面，没有什么值得计较。"

这完全没有料想到的话语，使梁建受到猛烈的震动。他直起腰，鼻孔扇动，望着自己的鼻子，一直望着自己的鼻子。是的，过去也好，现在也好，老阎还是老阎！但是，我梁建却⋯⋯

张孔指着头顶说："老阎！你觉得没有什么值得计较，上级党委却不能不计较。"指着工地上的工人们，又说："他们也不能不计较。"

老阎感慨地说："计较也好，不计较也好，这都不是最重要的。"他猛一转身，伸出右臂，指着远方，说："你们看！"

大家顺着老阎的手臂望去，只见，成千上万的铁路工人在奋勇地劳动；只见，许多用木筏运输材料的船工跟纤夫，在和嘉陵江搏斗；只见，这深山僻壤里的老乡们，用简单的生产工具，在对面山坡的片片巴掌大的土地上，索取生活资料；只见，把一筐粪背上十多里才能送到田地里的老太太，在弯曲而险峻的羊肠小道上艰难地走着；还看见，因为水灾或旱灾走出家门，沿着嘉陵江逃荒的妇女和孩子⋯⋯

老阎激动地说："他们如饥似渴地需要我们的事业。如果不是时时刻刻想着他们，我们活在世界上还有什么意义？对有些人来说，生活就是越来越高的地位，就是显赫的名声；对有些人来说，生活就是越来越舒适的享受；对另外一些人来说，生活就是爱情什么的。而对我们来说，仅仅有一件事值得想：只要前头还有战斗，就不能停止前进；只要任何地方还有贫困和落后，就算我们没有完成任务！就寝食不安！这并不是和自己有什么过不去，而是历史把我们这帮人选出来，时时把繁难的担子搁在我们肩上。也许，我们有我们的苦处，可是，这苦处也是许多人永远没有资格经受的。"

五

老阎他们几个人，正在起劲地交谈，对面山坡上有人喊："阎队长！噢——阎队长！"老阎一看，是女技术员韦珍。

韦珍戴着小刘曾经戴过的安全帽，脚蹬长筒胶鞋，穿着一套半新不旧的蓝帆布工作服。她从山坡上跑下来，直喘气，脸色难看，嘴唇发白。

她把老阎叫到一边，问："队长，队长！你去看小刘了没有？"

老阎说："看过几十回了！昨天晚上我整夜坐在他的床边。怎么，现在病情有变化？"

韦珍说："那些护士都是女同志，可是她们的心肠都硬得像石头。今天，我去了好几回，好说歹说也不让我见小刘！队长……"

老阎说："现在连队部的负责干部去探望小刘，医生和护士都不答应……不怕！为了救小刘，就是把国家今年交给我们队的全部投资花完也行啊！"他觉着，要说这是安慰韦珍，还不如说是安慰自己。

韦珍眼圈红了，说："阎队长！ 你说，生活就这样不饶人吗？ 为什么伤脑筋的事，一件接着一件？ 这些我没有经见过的事，真是把我搅糊涂了！"

老阎问："啊！ 又出了啥事情？"

韦珍说："常飞……常飞开小差了！"

"当真？"

韦珍说："还哄你不成……"眼泪顺脸流下来了。 她一边用手帕擦眼泪，一边从口袋里掏出一封信递给老阎。

老阎把信展开，飞快地看：

> 韦珍：……我曾经多次向您坚决地表示过，为了您，我可以忍受一切，可以在这里多混几天。但是当您的表现使我发生绝望的时候，我痛苦极了！我的心受了不能恢复的创伤！我在别人都走入甜蜜的梦乡的时候，流着热泪自问：今后这深山里还有哪一样东西能启发我的热情呢？您批评我这个，您批评我那个，看在同学面上，我不恨您，还十二万分感激您。事实上，我主观上也做了不少使自己和别人都很痛苦的事情。我下定决心在这里努力工作，可以改变客观上对我的不良印象吗？我非常地缺乏这个信心。我到了别的地方，大概理想得多……我计划到一个科学研究机关去工作，那还不是可以为伟大的社会主义建设服务吗？我以十二万分的信心对您说，我一定能成为一个为祖国争光荣的科学家。青春是美丽

的,很贵重呀,它容易逝去,而且逝去之后再也不回来了。韦珍! 愚蠢的爱情和想不完的事情,只会消耗美丽青春和可爱的生命啊……

常飞

老阎看罢信,两手垂下,轻轻地叹了一口气,望着韦珍说:"有啥办法呢? 每个人都有自己具体的生活道路,谁也代替不了谁……依我说,我没有把这个青年吸引到我们的事业中来,没有尽到责任。 依你说……你不必为他流眼泪!"

韦珍像被火烧了一样,后退了一步,打量着阎兴,说:"我为他哭? 队长,你……你……"她背靠大树,拧着衣襟,咬着嘴唇,望着天空。

老阎望着韦珍那脸膛的侧面,心里有一股说不出的味道! 常飞和韦珍是在同样的土壤里生长起来的幼苗,同样的阳光照耀着他们,同样的雨露滋润着他们,可是他们之间竟有这样大的差别! 为什么? 能解答的人都来解答吧!

老工程师走过来,问:"怎么啦?"

韦珍望望老工程师又望望老阎,把扎辫子的布条解下来又绑上去。

老阎说:"回头再说。"

猛然,山坡下面的运输便道上有许多人在乱嚷嚷。 又出了什么事? 老阎、梁建、张孔、老工程师和韦珍跑下山坡。

"小——小——小刘!"不知道谁失声地喊着。

一副担架放在嘉陵江边的那棵大槐树下边——梁建经常想心事的地方——许多人围着这副担架，内三层外三层，挤得风雨不透。 悲痛的气息压在人们头上！

老工人们因为经见得太多，总是把感情压在心底，只有那像石头雕刻成的脸上，罩着严肃和沉默。

年轻人放声大哭！

不懂事的孩子吸吮着母亲脸上的泪水！

这棵见多识广的老槐树，见过老阎奋勇战斗，见过梁建苦苦思索，见过小刘和韦珍并肩而立，见过常飞小偷似的姿态。 现在，它所有的叶子都沙沙沙地响着，像是诉说什么，像是为眼前的景象而哆嗦，而哭泣！

卫生所所长背着药包，腋下挟着病历表，手里拿着听诊器，东瞧瞧西看看，慌乱得不知如何是好！

他看见老阎和梁建走来，就跑过去说："小……小……小刘……小刘完了！ 完了……队长！ 我们一发现他的病情恶化，就想尽一切办法……后来看到实在无能为力了，就连忙组织了几个人把他往工地医院送。 还……还……还没有走几步，你看，他……破……破……破伤风……破伤风！"

老阎他们豁开人，一下子扑到担架跟前，只见一条草绿色军用毯子盖在小刘身上。 小刘半闭着眼，嘴唇的一边微微翘起。 脸，非常严肃。 好像这归去的人，不是突然夭折，也不止二十几岁，而是参加过各种战斗，经过各种风波，熬受过各种磨炼，走过了曲折而漫长的路程，完成了足够许多人做几辈子的事情以后，熟睡片刻。

　　卫生所所长说的话，老阎半句也没听清。 他机械地蹲下去，一手抓住小刘左手，一手掀开那补了再补的军衣，摸着小刘胸口。 僵硬冰凉的身体，永不跳动的心脏，永不起伏的胸脯，永不张开的口，永不转动的眼珠，使老阎变得痴痴呆呆了。 这一阵，他能放声痛哭，也许轻松一点，可是他哭不出声音来，只是胸脯膨胀着，短促地呼吸着……

　　死亡，这就叫死亡？ 从监狱到刑场，从战场到工地，几十年来，老阎多少次见过亲密战友倒下去的状况啊！ 每一次，都给老阎添几根白发；每一次，都给老阎刻几条皱纹；每一次，都撕去老阎一片心。 幸亏悲痛无法计算，要是能计算的话，就算是老阎这样坚实的人，也会被压碎，被击毁！

　　老阎坐在担架旁边，一动也不动，仿佛他一动，就会把熟睡的小刘惊醒似的。 不过，老阎圆实的脸，眼看着就消瘦下去了！ 眼看着，头发全灰白了，颧骨突起了，眼窝深陷了，嘴唇干裂了！

　　老工程师张如松颤巍巍地扑上去，每一根白发都在颤动，每一根胡须都在颤动。 他抱住小刘的头，看看老阎，看看医生，又用慌乱而哆嗦的手摸小刘的口和心窝。 他的脸压住小刘的脸，失声痛哭！ 眼泪，浇洒在小刘脸上、手上、胸前的衣服上！

　　他哭着，悲恸欲绝地哭着。 生活给这瘦削的脸上刻满了深深的皱纹，一条条的皱纹里，都汇流着汗水和泪水。 他恨不得用老年人的眼泪和汗水，把这青年浇活！ 他恨不得用老年人的生命和血液，使这青年复生！ 他恨不得仰面呼喊："老天！ 你怎么让我这满把白须的人，来哭青年人？"

山上的森林，发出阵阵波涛似的吼声。 嘉陵江绕过沉默冰冷的峭壁，穿过阴森森的山峡，悲怆地悄然无声地流去！

一种沉重的空气，在上下一千多里的铁路工地上缓慢地流动！ 一种悲伤的气氛罩住这无穷的山脉！ 罩住这原始森林！ 罩住这万古不废的江河！ 罩住这祖国最偏僻的角落！

梁建背靠岩石，僵直地站在那里；那灰暗无光的眼珠，一动也不动。 山、树木、人群，一会儿东倒西歪，一会儿忽高忽低。 他看不清老阎的脸膛，看不清老工程师的白胡子，看不清韦珍的眼睛，也看不清张孔的姿态，而小刘那闭着眼睛的面孔，却看得清清楚楚！ 他颓然地低下头。 他身边有什么人悲痛地说："小刘在战争中随时可以丢掉性命而没有丢掉性命，在这可以不丢掉性命的地方反而丢掉了性命！"这话不假。 可是小刘为什么死去？ 谁杀害了他？ 是大雨？是狂风？ 是洪水？ 是……好像谁用刀子一片片剐梁建的心，剐梁建的肉。 他的眼泪像决了堤的小河，顺着黄瘦的脸往下流，顺着那很久没刮的胡髭往下流。 胸前的衣服透湿。他什么也不能想，什么也不愿想，只能让这滚热的眼泪把他整个地冲唰一遍，冲唰一遍！

韦珍站在离小刘尸体五六步远的那棵老槐树下。 她想走到小刘跟前，可是浑身酥软，两条腿拉不动。 思想停止了活动，所有的神经都失去作用。 只有那微微起伏的胸脯，表明她的生命还在跃动。 一双睁得很大的眼睛，显得呆滞、空洞而茫然。 那突然失去血色的脸，出现了许多很细的皱纹。整个身躯，显得无比的庄严、静穆，仿佛这女孩子在转眼之间经历了人间无数可怕的事故，一下子增长了十几岁，突然成熟了。 她—— 一个年轻的姑娘，在来建设工地之前，虽然有过一些经历，可是这经历简单而又简单。 真正的斗争她还没有经过，真正的人生她还没有见过。 母亲给她遮挡风雨，教师给她指引路程，朋友们——少男少女，也只不过给她说些稚气的话。 现在，她在生活道路上刚迈进了第一步。在迈进这第一步的过程中，经历了动人心魄的事件，体验到亲手创造的欢乐，看见了英雄们战斗的场面，以及眼前躺着的遽然离去的人……

　　她又一次把那个柳条编的安全帽抱在胸前。 这个安全帽是抵挡大雨的用具，是吸引她思想感情的物件，是战士保护生命的钢盔。 她在这有生以来最紧张的时日里，工作的时候戴上它，走路的时候提上它，睡觉的时候把它挂在床头，望着它，描绘自己想象中的图景。 从今往后，这个安全帽，还要陪同她度过多少无眠的夜和寒来暑往带来的日子！

　　猛然，她失去了控制自己的力量，眼睛紧闭着，身子软绵绵地斜歪着倒下来了！ 老阎的老婆李玉英一步抢上前，抱住了她。 当李玉英把那青年的脸膛双手捧起来的时候，只见韦珍满脸是泪！ 两个妇女，相互抱着，脸挨着脸，泣不成声！

张孔一动也不动地望着工地。 他心情沉重地想：过不了好久，满满当当的货车，乘满旅客的直达快车，都要从这里飞驰而过。 列车上的人会赞叹这史无前例的工程，赞叹这征服千山万水的奇迹；但是，有的人，却看不到被泥土和石头盖起来的血迹，也看不见渗透在工地上的眼泪和汗水，在他们眼里，路旁的新坟似乎也为野草所遮掩！

正是下午六时，开山工放炮的时间到了。 无数工人从要放炮的工点上撤退下来，往隐蔽的地方躲避；放警戒的工人们打着红旗站在山顶和路口：有的吹哨子，有的打锣，有的呐喊……轰隆一声，炮声响了，先是这里一响，那里一响，霎时，响声连成一片。 烟雾遮住了工人们的身影，遮住了工地，遮住了山，遮住了天。 空气冲击耳膜，大巴山和秦岭又在不住地抖动；爆炸后飞起的石头像阵雨似的落在嘉陵江里，水花四溅。

老阎从小刘身旁站起来，望着眼前一张张劳动者的坚毅而悲痛的脸膛！ 他觉得，他没有权利流泪和低头。 他对这男的、女的、老的、少的，负有责任；对这国家、对这民族、对这正在被改造的世界负有责任。 于是，他咬紧牙关，挺起胸膛，唤起力量，望着远处黑压压的千山万岭，血液在加速循环，思想感情像波涛一样汹涌。 他恨不得马上捞起工具，手一挥，带上这所有的人，去扫平一切山岳，填满一切沟壑，让人间所有的崎岖小路都变成四通八达的平坦大道。他望着近处——近处就是炮声隆隆的建设工地。 是的，有人失去信心，有人临阵脱逃，也有人离开世界，可是任凭什么力量也不能阻止历史的进程！ 眼前这从长期艰苦斗争中锻炼出来的工人、干部和技术人员，他们看起来也许是平常的人，可是那从他们斗争生活中提炼出来的理想，渗透到他们的每一滴血和每个细胞里。 过去、现在、将来，他们都愿意把一切献出来，愿意默默地去做新建筑的基石。 因而，只要他们还有一口气，我们的理想就不息地变为现实！

爆炸后冒起的黑烟渐渐地变成白烟。 腾向天空的烟雾越来越稀薄了，连绵起伏的崇山峻岭慢慢地显出来了，建设工地上成千上万的工人的身影，也渐渐地显出来了。 嘉陵江两岸，处处都有坚韧不拔的劳动者，紧张而有次序地工作着。有的扛木料，有的背水泥，有的搅拌混凝土，有的用小斗车推沙子、料石。 整齐平坦像城墙似的路基上，有许多工人在铺轨。 他们有的扛着枕木，有的抬着钢轨，有的在钉道钉。雄壮的号子声，在千山万壑里引起巨大的回声。 随着这震撼天地的声音，贯通祖国大西北与大西南的铁道，迅速地向远方伸展。 山坡上的喇叭筒里，伴随着欢乐的音乐声不断地播送出铺轨工人们用力量和智慧凝聚成的新纪录。 这新纪录，使工地起伏着阵阵激动情绪。 人人都感觉到：钟表"宗宗宗"的响声，就是时间的脚步声。 在这时间的脚步声中，人和自然界都在改变面貌，世界上都在增添新的东西——哪怕为了这些新的东西而付出了重大的代价！

一九五六年冬草于宝成铁路工地

一九五七年七月一日脱稿于西安

一九五八年三月修改于西安铁六局

一九五九年一月至八月重改于咸阳铁二处

一九七七年夏季修订于西安

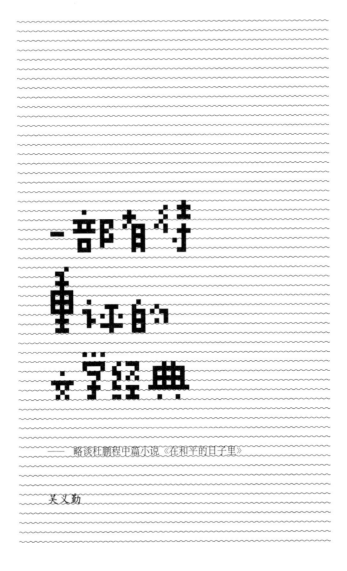

一部有待重评的文学经典

—— 略谈杜鹏程中篇小说《在和平的日子里》

吴义勤

　　杜鹏程笔涉小说、散文、报告文学、剧本、文学批评等诸多领域，以小说创作而一举奠定其在当代文学史上的重要地位。 中国当代文学史上第一部大规模正面描写解放战争的长篇小说《保卫延安》和曾入选语文教材的短篇小说《夜走灵官峡》影响最大。 他的小说向以对重大题材的选取，对宏大革命主题的表达，以及对英雄人物的塑造而自成一家。 他以虔诚的笔触书写党的革命历史和新中国成立后社会经济战线上的建设进程，无论对革命战争题材的艺术化处理，还是对社会经济建设主题的书写，其创作态度和实践都是极其严肃而真诚的。 这也就是他的长篇、中篇、短篇均在读者群中享有盛誉的原因所在。 他公开发表的中篇小说虽然仅有几部，但其成就也足以在中国当代文学史上留痕，而《在和平的日子里》无疑是其中最重要的一部中篇小说。

　　这部中篇初刊于 1957 年 8 月号的《延河》，1958 年 4 月由东风文艺出版社初版。 从初刊到初版，文字也由 4 万多扩充到 9 万多；待 1959 年 12 月人民文学出版社再次出版时，又增至 13 万多字；1977 年又做了一次修改。 这充分表明，这个中篇一直处在修改过程中，从修辞到语义不断发生变化的过程，也正反映出作者的艺术观念和思想因时代骤变而引发的变迁。 在"十七年"时期，《在和平的日子里》是不多见的越改越好的作品。 但在这些版本中，初刊本由于发表仓促，"1957 年杜鹏程快马加鞭赶写长篇小说《太平年月》，然而西安作协的领导却要求驻会知名作家为作协所办的文学刊物《延河》提供稿件，作为党员作家，对组织的安排不得推辞。 杜鹏程从正在写作的长篇《太平年月》中抽出两章，改写成中篇小说《在和平的日子里》，交《延河》刊物"（见赵俊贤《〈在和平的日子里〉的文学史价值》），故其在主题表达和艺术营构上的缺陷或不足是显而易见的。

《在和平的日子里》所提出的问题是非常紧迫而严肃的，即在和平建设时期，一个人（特别是在领导岗位上）要秉承怎样的世界观、人生观和价值观问题，或者落实到具体行动中，应当怎样生活、怎样工作、如何对待事业的问题。小说通过对两类人世界观、人生观的集中展现，对这一主题做了充分揭示：一种是"捞一把"式的人生思想。 小说中的梁建从事革命的动机虽多少也带有个人主义诉求（"那时节，国破家亡，无路可走"，"有死里求生的希望"），但从总体上来说也是从抗日战争和解放战争一路走来且屡屡经受生死考验的革命英雄。 然而，在和平建设时期，他的思想却大大退步了，趁转业之机"捞一把"或不让自己"吃亏"

的思想意识成为主导；又由于他在工地建设的领导岗位上，由此而对建设事业造成的危害或损失是必然要发生的。另一种是继续保持战争年代革命干劲和精神的世界观。小说中的阎兴书记对施工始终不懈怠，从工程的重要性、紧迫性以及在施工过程中对每一环节的重视，都充分表明作者是把他作为与梁建相对的另一重要典型人物来写的。作者通过对这两个人物从思想到行动的对比式书写，提出了一个事关大局的新命题。新中国刚刚成立，作者以小说方式所提出并予以探讨的新问题实在是意义深远。

这个中篇小说的艺术价值主要体现在对情节模式的营构和悲剧内涵的表达。小说以阎兴、小刘与梁建之间的矛盾冲突为主线，以"桥墩是否返工之争""小刘之死"等事件为副线，层层铺垫，使得"矛盾"从无到有，从有到高潮，从而逐步推动小说情节发展。而对每一个环节经营或细节推敲，作者都下了一番功夫，其指归就在于要务使其"真实"，艺术上经得起推敲。桥梁事故是悲剧，小刘之死是悲剧，但悲剧根源何在？原本这些悲剧是能够避免的，为什么在此时发生？小说在情节上的这种营构，最终将"追问"延伸至深层。与同时期主流小说叙事模式很不一样的是，它虽采用了类似宏大革命叙事的写作范式，但其实践始终在"艺术形式"，即如何把故事、人物、环境通过艺术构思聚合成一个合乎艺术发展逻辑的整体，借此反映或表达特定主题。从这个意义上来说，《在和平的日子里》是一件"艺术品"；或者说，小说从内容到艺术形式上高度统一，是"十七年"时期难得一见的小说精品。

图书在版编目（CIP）数据

在和平的日子里 / 杜鹏程著；吴义勤主编. --郑州：河南文艺
出版社，2023.10

（百年中篇小说名家经典 / 何向阳总主编）

ISBN 978-7-5559-1111-1

Ⅰ.①在… Ⅱ.①杜…②吴… Ⅲ.①中篇小说-小说集-中国-
当代 Ⅳ.①I247.5

中国国家版本馆 CIP 数据核字（2023）第 026858 号

丛书策划	陈 杰 杨彦玲		
本书策划	李建新	责任校对	梁 晓
责任编辑	李建新	责任印制	陈少强
丛书统筹	李亚楠	书籍设计	书籍/设计/工坊 刘运来工作室

在和平的日子里
ZAI HEPING DE RIZI LI

出版发行 河南文艺出版社
本社地址 郑州市郑东新区祥盛街 27 号 C 座 5 楼
承印单位 河南瑞之光印刷股份有限公司
经销单位 新华书店
开 本 787 毫米×1092 毫米 1/32
印 张 7.625
字 数 141 000
版 次 2023 年 10 月第 1 版
印 次 2023 年 10 月第 1 次印刷
定 价 42.00 元

版权所有 盗版必究
图书如有印装错误，请寄回印厂调换。
印厂地址 河南省武陟县产业集聚区东区（詹店镇）泰安路
邮政编码 454950 电话 0371-63956290